恋愛も結婚もお断りだったのに、強運社長の最幸愛から逃れられません

marmaladebunko

高田ちさき

マーマレード文庫

目次

恋愛も結婚もお断りだったのに、
強運社長の最幸愛から逃れられません

恋愛も結婚もお断りだったのに、
強運社長の最幸愛から逃れられません

プロローグ

「走って」

大きな手に引かれて、私は慌《あわ》ててついていく。

定休日のクリーニング店の前の軒下《のきした》に、ふたりで駆け込んだ。

少し息を切らしながら、目の前に広がるどしゃぶりの雨を見て肩を落とす。

「すみません、私のせいで」

「ん？　どうして君が謝るんだ？」

柾《まさき》さんは、不思議そうに首を傾《かし》げた後、その綺麗《きれい》な漆黒の瞳で私を見つめた。

雨に濡れたために、乱れた髪のせいか、なんとなく普段と印象が違う。

もちろんいつもよりも距離が近いのも理由だろうが、私の心臓がせわしなくドキドキと音を立てている。

見とれそうになったのを、なんとか振り切った。

「私、雨女なんです。っていうか……ご存じの通りものすごく運が悪くて。巻き込んでごめんなさい」

「なんだ、そんなこと」

軽く笑った柾さんに、私は首を振る。そんな様子を見て彼は不思議そうに私の話に耳を傾けた。

「そんなこと、なんて軽く考えないでください。本当に運が悪いんですよ」

あまり雰囲気が悪くならないように、肩をすくめてみせたが、どうやら彼は私の話をまともにとらえていないようだ。口調が軽かったのがいけなかった。

「じゃあそんな運の悪い君が、ものすごく運のいい男と一緒にいたらどうなるんだろうね？」

彼は自分を指さしながら笑ってみせた。

そんなこと一度だって考えたことはなかった。私と正反対、生まれながらにラッキーな人がいても不思議ではないのだけれど、その人と私がいればお互いの個性が戦い合うのだろうか。

「ふふふ……いったいどうなるんでしょうか？」

そんな面白発想、一度もしたことがなかった。

「知りたくない？」

「知りたいです」

ちょっと興味をそそられる。この面倒な不幸体質がどうにかなるのなら、どうにかしたいとずっと考えていたのだから。

「じゃあ決まりだ。寿々《すず》さん、俺とつき合おう」

「え？」

私は目を見開いて、彼の顔を穴が開くほど見つめた。

彼はいったい何を言っているのだろうか。理解が追いつかない。そうだ、きっと私の聞き間違いだ。そうじゃなきゃおかしい。

「な、何言って――」

「君が雨すら自分のせいだなんて思うほど悩んでいるなら、その不運は俺が全部もらうから」

「そんな簡単に言わないでくださいよ。危険なことがあるかもしれないのに」

私は過去のことを思い出して、必死になって彼の突拍子《とっぴょうし》もない考えを止めようとする。

しかし彼はまったく意に介《かい》していない。

「俺の運の良さを侮《あなど》っているな。ほら見て」

彼が目の前を指さす。小雨《こさめ》になった空に、虹がかかっている。

「こんなに素敵な景色がふたりで見られるんだ。これほどぴったりな相性あると思う？」

目の前にかかる大きな虹。すぐに雨はやみ周囲が明るくなった。

「だから、俺とつき合おう」

私は、なんだか泣きそうな気持ちになって彼の顔をじっと見つめた。

第一章

世の中には、幸福も不幸も溢《あふ》れている。

でもそれが、必ずしもすべての人の下に平等であるとは限らない。

私、幸田《こうだ》寿々はとってもおめでたい名前であるにもかかわらず、海老《えび》で鯛《たい》を釣ったこともないし、鴨《かも》も葱《ねぎ》を背負って来るわけないし、もちろん棚から牡丹餅《ぼたもち》などというれしい経験なんて一度もない人生を歩んでいる。


「寿々～今日あなた占い一位よ！」

リビングから叔母の琴音《ことね》さんが占いの結果を知らせてくれる。

「本当に！　やったね」

洗顔中だった私は、慌ててテレビを見ようと駆けつけた。

「あ～あ。終わっちゃった。もう少し早く来ないと」

琴音さんが、残念そうにしながら、視線をテレビから私に移した。

「あはは、タイミングが悪かった」

「でも見られなくても一位は一位よ。よかったわね」

「うん、ありがとう」

私はメイクをしようと、もう一度洗面所に向かう。

琴音さんはああ言ったけど、私は知っている。

自分が占いの結果などものともしない、神様も驚くほどの不幸体質だと。

だから一位の今日は、いつもよりも少しはましというか、マイナスがゼロになるというか……。

とにかくまぁ、そう幸運が降ってくるような一日になるわけではない。

時計をちらちら気にしながら、急いでメイクをする。

鏡の中の自分は、メイクをしたからといってそうそう変化があるわけではないけれど、一日頑張って仕事をするぞというスイッチが入る。一種の儀式のようなものだ。

肩までの髪をバレッタでまとめて、前髪はコテを使って丁寧に仕上げる。

どこをとっても平均顔の私。できればもう少し目が大きくて、鼻が高くて、唇がセクシーだったらよかったけれど、琴音さんに「年々、姉さんに似てくるね」と言われると、この顔でよかったと思えた。

ただ身長はあと一センチほど高ければ百六十だったので、毎年健康診断のときに期待しては悔しい思いをしている。——二十七歳だもの、この歳《とし》になると無理かな。

最後にもう一度前髪を整えて、リビングに置いてあるバッグを持って玄関に向かう。

「忘れ物なーい？　気を付けてね」

小さい頃からずっと同じセリフで送り出してくれる琴音さんに、元気よく「いってきます」と言って家を出る。

バッグの中にスマートフォンとお財布と定期入れがあるのを確認しながら、昔ながらの商店街のアーケードを抜けて駅に向かう。


私が叔母の幸田琴音さんと暮らしているのは、昔ながらの商店街の一角にある美容院、その裏にある一軒家だ。小学一年生のときにここに引っ越してきて以来、ずっとふたりで暮らしている。

私が母方の叔母と同じ苗字なのは、両親が事実婚だったからだ。琴音さんに『今日から家族だよ』と言われてすんなり受け入れられたのは、そのためだったのかもしれない。幼かった私は苗字が同じということが家族の印のように思えたのだ。

美容院の店名は《ジェイドリーフ》といい、私の祖父母が理髪店として開いたもので、それを今は琴音さんが後を継いで美容院として経営している。

近所の常連さんだけではなく、遠くからも通ってくれる人がいて安定した経営状態なのは、ひとえに琴音さんの腕と人柄のなせるわざだろう。

「寿々ちゃん、いってらっしゃい」

「山田《やまだ》のおばあちゃん、おはよう。いってきます」

声をかけてきたのは、開店準備をする和菓子屋のおばあちゃんだ。ここのわらび餅は私と琴音さんの大好物だ。

「来週になったら、新作を出すから、買いに来てね」

「はい！　楽しみにしています」

手を振って駅に向かう。

ひとつめの横断歩道の赤信号を待っている間に、店先で花の処理をしているフラワーショップの花岡《はなおか》さんに挨拶《あいさつ》をして、自転車でお子さんを保育園に預けに向かっている、米穀店の飯田《いいだ》さんともすれ違いざま「おはよう」と挨拶をする。

みんな朝よく顔を合わせる、商店街の人たちだ。

駅に近付くにつれて、銀行や郵便局、チェーンのハンバーガーショップなどが増えてきた。

人も多くなってくる。いつもはのんびりとした雰囲気の商店街だが、朝のこの通勤時間だけは、みんな急ぎ足だ。

この横断歩道を渡ると、すぐに駅だ。

青信号なのを確認して渡ろうとしたら、向かいから歩いてきた初老の男性とぶつかりそうになる。お互いに「すみません」と謝りながらよけると、相手も同じ方向によけてお見合い状態になってしまった。そうこうしていると信号が点滅しはじめて渡れないまま赤信号になった。

今日も見事に信号は全部赤だった……な。

自動改札を抜けながら「一位だったのに」なんて考えて、いつもの時間の電車に乗り込んだ。


トラブルなくいつも通りの毎日を送れるだけで、私にとっては占い一位だと思える。

満員電車で吊革争奪戦を勝ち抜き、確保できたのもありがたい。

特技を聞かれたら、間違いなく小さな幸せを見つけることだと答える。

そうでもしないと、この不幸体質のせいでずっと落ち込んだ毎日を過ごすはめになってしまう。この話をすると大げさだと言う人もいるが、私の話を聞いた後はみんな「ご愁傷様《しゅうしょう》」という表情になる。

入学式からはじまり、卒業式、遠足、運動会、修学旅行はすべて雨。鳩のフンは見事に命中するし、応援しているスポーツチームは必ず負ける。

人気の店で長い時間並んでいても、目の前で売り切れてしまいお目当てのものは買えずに、乗ろうと思っていたバスの扉はあざわらうかのように閉まる。修学旅行のスキー教室では私が乗るたびにリフトが止まった。そのときの恐怖がトラウマになり、それから一度もスキーに行けていない。

一つひとつは小さなことでも、集まればなかなかヘビーだ。

だからなるべく縁起《えんぎ》を担《かつ》ぐし、笑う門《かど》には福来《きた》るなんていうから、笑顔で過ごすようにしている。

琴音さんには「涙ぐましい努力ね」なんて言われる。でもできる努力はしたいのだ。

満員電車の現実から逃れるように、とりとめのないことを考えていると電車が大きく揺れた。

——痛いっ！

なんとか声を出さずに堪《た》えたが、右足が隣の女性のヒールに踏まれている。

「ごめんなさい」

「いいえ、大丈夫です」

女性はすぐに足をどけて謝ってくれた。車内ではよくある――あぁ！

もう一度電車が大きく揺れた際に、今度は左足が大学生らしき女性に踏まれた。

「すみません」

「い、いいえ」

さっきのヒールよりは幾分《いくぶん》ましだ。

私はにっこりと笑顔を浮かべて、平気アピールをした。

笑う門には福来る。これ以上の不運が訪れないようにと祈りながら、必死になって笑みを浮かべる。

ある意味いつも通りの朝の通勤の光景。

駅に到着して、あとは会社に向かうだけだと気を抜いたのが悪かったのか、改札で前の人が通過できずに私もそれに巻き込まれてしまった。

これで今日の占いが一位だなんて。本当ならもっと怖いことが起こっていたかもしれないと震えながら、会社に向かって歩き出した。

「おはようございます」

すれ違う人たちに声をかけつつ、廊下を歩く。

私が勤めるのは、国内で三本の指に入る規模の文具メーカー《ペントム株式会社》だ。主力商品は筆記具で、特にボールペンには力を入れている。

小さな子から大人まで、みんなが知っている文具メーカーだ。

私はそこの総務部で働いている。

勤怠《きんたい》の管理がメインの仕事で、その他頼まれればなんでもやる。

ロッカールームで制服に着替えると、社内用のミニバッグに身の回り品とお茶の入ったタンブラーを入れる。それを持ちデスクのあるフロアに向かう。

ちなみに制服は、個人の裁量《さいりょう》で着ても着なくてもよいのだが、私は機能的かつ、朝洋服に悩まずに済むので制服を愛用している。

役職がついている人や、外回りの担当の人はスーツやオフィスカジュアルな服装で勤務していることが多い。

始業三十分前。いつも通りの時間にデスクに到着すると、タンブラーを取り出し、お茶を一口飲みデスクに置いた

さてと……予定と掲示板の確認。

次々とやってくる人に挨拶をしながら、朝のルーティンをこなす。私にとって事件なく一日の仕事がはじめられるのはとても幸先《さいさき》がいい。

〝いつも通り〟が一番幸せなのだ。

私はその幸せをかみしめながら、一通りの確認を終えてひと息つきお茶を飲んだ。

「寿々ちゃん、おはよう」

「春山《はるやま》さん、おはようございます」

隣の席に座ったのは、私のひとつ上の先輩の春山咲子《さきこ》さん。私と違って名は体《たい》を表す、春の花が咲き誇るような雰囲気の人だ。

手入れされたふわふわの柔らかい髪が揺れ、にっこりとほほ笑まれながら挨拶をされると、毎日見ている私でも思わずぽわ～としてしまいそうになる。

「今日は何もトラブルに見舞われなかった？」

「はい……」

そういえば電車内で両足を踏まれたんだった。

「また何かあったのね」

「いえ……まぁ。でもいつものことなので！」

元気に答える私に、春山さんは苦笑いを浮かべた。

「アクシデントに慣れすぎよ、困ったことがあれば相談してね」

「はい」

ああ、まさにここに聖女がいる。

決して仕事ができるわけでも、気が利《き》くわけでもない、その上運の悪さと不器用さは人一倍の私を、春山さんはいつだって気にかけてくれる。

入社してからずっと世話になりっぱなしだ。

たしかに他の人よりも不幸体質ではあるけれど、いい人に囲まれて幸せな毎日を送っている。

「今日は定時で絶対終わらせようね。飲み会、行けるんでしょ？」

「はい、もちろん参加予定です」

時々こうやって、仕事終わりに食事や飲みに行ったりもする。先輩だけど一緒にいてとても楽しい人だ。

経理部から依頼のあった有給休暇のデータを送った後、営業部の女性から出産育児休暇についての問い合わせがあった。無事に生まれたらお祝い金の手続きもあるので、漏《も》れのないように私の方でも気を付けておかなくては。

ラックから次に処理する予定の書類を取り出していると「幸田さん」と名前を呼ばれて顔を上げた。

「玉造《たまつくり》主任、おつかれさまです」

彼は開発部の若きエースだ。見かけは熊のように大きいが、細やかな仕事ぶりと発想の奇抜《きばつ》さが社内で評価されている。

そんな彼が私のところに来るのは……総務の仕事の依頼ではない。

「いつもの、お願いしたいんだけど」

「あれ……ですよね？」

「そう、あれ！」

そう言いながら、私の目の前に二本のボールペンを差し出した。

「次の新作、結構細軸ですね」

「あぁ、そうなんだ。ここのところを見てほしい」

あれこれと、試作品の特徴を伝えてくる。

「なるほど、で……今回も私は普通に使ったらいいんですよね？」

「そうそう、それで感想を聞かせてほしいんだ」

にっこりと笑う玉造さんの期待のこもった笑顔が怖い。

「念のための確認ですけど、本当に普通に使うだけでいいんですよね？」

「あぁ！　もちろんだっ」

熱血って言葉がぴったりな返事があった。

玉造主任は物静かな研究者が多い開発部で、珍しいタイプの熱い人物だ。ここだけの話ちょっと引いてしまうくらいの熱さ。ただその情熱がわが社の商品開発の要《かなめ》でもあるので、会社にはなくてはならない人だ。

「わかりました。では数人に試作品を使ってもらいますね」

私が戸惑《とまど》っているのを知って、春山さんが代わりに受け取ってくれた。

「お願いします」

「使用感などはまとめて提出しますね」

「あぁ、幸田さんからは直接話を聞きたいから」

「はい、わかりました」

きっとここで了承しなければ、私が頷くまでいすわるだろう。

案の定、私の返事を聞いた玉造主任は、背中を見てもわかるほど上機嫌にフロアから出ていった。

「寿々ちゃん。毎度毎度大変ね」

「はい……でも会社の役に立てるので頑張ります」

苦笑いを浮かべつつ、試作品のボールペンを手に取った。

ふーん、今回は軸を少し細くしたんだ。

手のなじみは……ギリギリ女性でも違和感がないくらいか。

サラサラとメモにためし書きをする。

そもそも私がこんなふうに玉造主任の熱烈なオファーを受けるようになったのは、ある意味私の不幸体質が引き寄せた偶然が重なったからだ。

サンプルの使用依頼は、よくある話だ。

入社以来私は、喜び勇んで試作品を使用している。これは文具メーカーに勤める特権だ。まだ世に出ていない文具を試せるのだから。

小さな頃から文具が好きで、だからこそペントムへの就職を希望した。

そんな私にとってはご褒美《ほうび》のような仕事だ。入社当時は間違いなくそう思っていたのだけれど……。

今となってはちょっとそれがプレッシャーでもある。

それもこれも、私の不幸体質に起因《きいん》する。

明確に玉造主任の私を見る目が変わったのは、三年前のあの日が境目だ。

それまでも私は、他の人と同じように新製品の開発に協力してきた。ただ他の人よりも試作品にトラブルが起こる回数が多かったのだ。

それも仕方ないだろう。日々、私の不幸にそれらの文具たちはつき合うのだから。

ときには階段から一緒に落ち、危うくシュレッダーに巻き込まれそうになったり、うっかりお茶を引っかけてびしょびしょになったり、他の人が使う試作品よりも過酷《かこく》な環境で使われるからだ。

だから丁寧に、どういうトラブルで、こうなったらいい……な、みたいな希望をレポートしていた。

最初は私だけしかそういった不具合が出ないから、あまり気にされずに商品化された。しかし消費者から寄せられる声の中に私が指摘したポイントが必ず入ってくることに気付いた玉造主任が、その後は私の懸念をすべて解消するように動いた。

そして完成した一本のボールペン《ペンタグラム》が大ヒットした。そしてその年一番売れた文具、文具チャンピオンに選ばれたのだ。

そこから玉造主任の私に対する信頼感というか、執着心《しゅうちゃくしん》が強くなり、今に至る。

会社の役に立っているのだから、よいことのはずだけれど期待されすぎると気が重い。私の意見でヒットが生まれると期待されると荷が重すぎる。

目の前にある新作のボールペンを見ながら、思わず小さなため息をついた。

これもある種の不幸なのだろうか。

「寿々ちゃん、これちょっと見てもらえる？」

「はい、すぐに行きます」

どうやらトラブルがあったみたいで、春山さんがコピー機の前で困っている。私が駆けつけると、どうやら紙詰まりが起こっているらしい。ただどこを探しても紙片が見当たらずに、エラー解除ができないようだ。

「ここは私に任せてください。コピーできたら持っていきます」

「本当にいつもありがとう」

春山さんが去った後、私はコピー機を確認していく。人よりもトラブルに見舞われる回数が多いので、対処の仕方も他の人よりもわかっている。

あちこち開いてみて、背後のカバーを開けると小さな紙片が出てきた。

「あった」

私はちょっと得意顔になりにっこり笑う。

その後、春山さんのコピーの続きをしながらトナーの確認や用紙の補給をした。自慢じゃないが私の〝転ばぬ先の杖〟はかなり強力だ。日々どうやってトラブルを回避《かいひ》できるか考えながら生きているので、トイレに入る前は必ずトイレットペーパーの確認をするし、会社のコーヒーマシンのメンテナンスはメッセージが出る前に行う。業者の方が来た際にやり方を教えてもらったので、この会社で一番よく理解していると思う。

通常業務においても書類が遅れがちな人はある程度把握してあるし、一年を通して業務の見通しを立てて、前もって準備をする。契約の更新時期も一覧にして把握している。

こんな私には総務の仕事はぴったりなのではと思う。

とはいえ、これだけ準備していてもトラブルは向こうからやってくるのだけれど。

あらためて考えると、自分でも驚くくらいの不幸体質だ。

でも人を巻き込まないタイプの不幸は、対策と後始末でなんとかなるから、まだいい。人に迷惑をかけるようなトラブルだけは、避《さ》けたいな。

いろいろと思い出しそうになって、慌てて仕事に戻った。

終業後のロッカールームでは、この後の飲み会のためにみんなが着替えをしたり化粧を直したりしていた。

そこに今日参加する営業部の子がやってきて、春山さんと私の前で手を合わせて頭を下げた。

「ごめん、実は男性陣急遽《きゅうきょ》ひとり来られなくなっちゃって」

「男性?」

私は首を傾げて、直接誘ってくれた春山さんを見た。

「黙っててごめん。今日実は合コンなんだ」

申し訳なさそうに、営業部の子の隣で同じポーズで手を合わせている。

「そうだったんですか。でも、先方もひとり欠席なら私もやめておきます」

「え、そんな……」

「人数は合わせた方がいいでしょうし。キャンセルできますか?」

「うん、今から連絡するから問題ないけど。じゃあ、また今度飲みに行こうね」

営業部の子は、スマートフォン片手にロッカールームを出ていった。

「本当に行かないの?」

「はい、遠慮《えんりょ》しておきます」

春山さんが私の本音をさぐるかのごとく、顔を覗《のぞ》き込んできた。

会社のメンバーとではなく、合コンなら私は行かない。

「合コンだって言っていなかったのは私が悪かったけど、せっかくだから来たらいいのに」

「でも男性陣もひとり少ないみたいですし、ちょうどいいじゃないですか」

「そんな！　寿々ちゃんのために、いい人いっぱいそろえてもらったのにな」

春山さんは少し残念そうだ。

「お気遣《きづか》いはうれしいんですけど、私は誰ともおつき合いするつもりはないので」

苦笑いを浮かべて、今後の誘いもできれば遠慮したいと遠まわしに告げる。

「どうして？　何かあったの？」

「まぁ、いろいろと」

春山さんはまだ何か思っているようだったけれど、それ以上は何も言わずに笑みを浮かべた。無理に聞き出そうとされなくてほっとする。ちゃんと私の気持ちを察してくれるのはさすが春山さんだ。

「わかった、じゃあこの埋め合わせに今度、私とランチに行こうね」

「はい、喜んで」

私が笑顔で返すと、春山さんも今度はいつも通り笑ってくれた。

自宅に戻ると、いい匂いが漂ってきていた。琴音さんが食事の用意をしているようだ。

「あら、早かったのね。今日はご飯いらないんじゃなかったの？」

キッチンに立つ琴音さんが、鍋を混ぜつつ振り返る。私が朝作り置きしておいたシチューだ。ちゃんと食べるつもりだったみたいで、ほっとする。

琴音さんはほうっておいたら、平気で一、二食、食べないなんてことはざらなのだ。ひとりで美容院を切り盛りしていると、忙しさにかまけて私生活を蔑《ないがし》ろにしがちなので、そこをフォローするのが、私のこの家での役割だ。

「うん、ちょっとね。飲み会に知らない人も来るらしくて今回は遠慮した」

「何、合コンまた断ったの？」

「……うん」

琴音さんは鍋の火を止めると、ため息をつきながら体をこちらに向けた。きっと今からお説教がはじまる。

「寿々。あなたもそろそろ誰かとおつき合いしたらどう？」

「うん……でも、あんまり気が進まないかな」

気まずくて目を合わさないようにするけれど、琴音さんのお小言は止まらない。

「そんな贅沢《ぜいたく》いつまで言っているつもりなの。こんなにかわいいんだから、楽しんだらいいのに」

琴音さんは、鍋からお皿にオレンジ色に染まったカボチャのシチューをよそいながら、ぶつぶつ言っている。

私は流しで手を洗うと、サラダに使うレタスを洗いはじめた。

「それなら、琴音さんだってそうじゃない。結婚、したらいいのに」

ロッカールームで春山さん、家に帰って琴音さんから同じようなことを聞かれた。

ふたりとも私のことを思って言っているのはわかっているけれど、ちょっと嫌な気分になって言い返してしまった。すぐに反省したけどもう遅い。

「私は別に恋愛も結婚もしないって決めているわけじゃないわ。少なくとも出会いを避けているわけじゃないもの、一緒にしないで」

「うん」

たしかに琴音さんから、恋愛に対してマイナスな言葉を聞いた記憶はない。

でもわかっている。いわゆる適齢期といわれている年齢のときには、彼女は仕事と私を育てることに全力を注いでいたことを。

琴音さんが結婚しない理由が少なからず自分にあることは、わかっている。

「でもまぁ、仕事にかまけて恋愛に手を抜いていたのは間違いないわ。それに今の生活が気に入っているし」

琴音さんはテーブルに料理を並べた後、私に視線を向けた。

「ごめんね。寿々には寿々の考えがあるのに。最近説教くさくなったのは歳のせいかしら？」

「そんなことないって。私、お腹すいちゃった。早く食べたい」

「そうね、バゲットをトースターから出して」

「はーい」

私は手を動かしながら、周囲に心配をかけていることを少し心苦しく思う。

他のことなら努力してもいいと思う。でも恋愛だけはどうしてもしたくないのだ。

また……誰かが傷つく姿を見たくないもの。

ふと過去の恋愛を思い返してみる。今はこんな私だけれど、過去にひとりも彼氏がいなかったわけじゃない。

高校生のとき、初めて彼氏ができたときはうれしかった。

彼とは高校は別だったが、通っていた塾《じゅく》が一緒だった。学校終わりも休日も待ち合わせをして一緒に勉強をしたり、息抜きにカラオケに行ったりカフェでお茶をしたり、勉強の合間に楽しい時間を過ごしていた。

ある日の塾の帰り。その日もふたりで塾が閉館になるギリギリまで自習室で勉強をしていた。

その日に限って、私がコンビニエンスストアに行きたいと言って、いつもと違う道を通って駅に向かってふたりで歩いていた。その頃の私はこの短い時間、おしゃべりするのが楽しくて仕方なかった、受験生だった私の恋においてとても大切な時間だったのだ。

その日もいつもと変わらないと思っていた。けれど楽しい時間は、目の前で崩れ去った。一台の暴走車が私たちに向かって走ってきたのだ。

私はとっさに彼の手を引いた。しかし間に合わずに彼は右足を負傷してしまう。骨折だと聞いて、何度かお見舞いに行ったけれど、彼の母親から「受験に専念して」とやんわりとかかわることを禁止され、それ以降会うことができなかった。

もともと交際自体をよく思われていなかったせいで、彼とはそのまま会えずに終わった。最後にどうしても謝りたかったけれどそれさえもできず。

風の噂《うわさ》では、どうやら彼はその年の受験はうまくいかずに一年浪人をしたらしい。

このときに、自分の不幸に人を巻き込んでしまう怖さを知った。

そんなことがあったにもかかわらず、私はまだ恋を諦《あきら》めていなかった。

また一緒にいたいと思う人ができ、社会人になってから彼氏ができた。ただその人は、私と一緒にお祭りに行って食あたりになり、大事な商談に行けなかった。それがきっかけで先方ともめて大口の契約が流れてしまったそうだ。そこから申し訳なくなって、私から別れを切り出した。

身近にいればいるほど、私の不幸に巻き込んでしまう。

一番大切にしたい相手なのに、一番に迷惑をかけてしまうことに罪悪感を持ちながら恋愛を続けるのは私にとっては難しいことだ。

だからそのときから、恋愛や結婚はしないと決めた。

もちろん生きていれば、いい人だなとか、かっこいいなとか思う人がいないわけじゃない。でも恋に発展しそうになる前に気持ちにストップをかける。

自分の不幸に、大切な人を巻き込みたくないのだ。

「寿々、お腹すいたって言ってなかった？　早く食べよう」

「あ、うん」

琴音さんの声で、我に返った。

仕事も順調だし、琴音さんとの生活も穏やかで楽しい。

これ以上の幸せを願うのは、不幸体質の私にはおこがましいことだ。

ふわふわと温かい湯気が立ちのぼるシチューを食べ、目の前にある幸せをかみしめた。

日曜日の十七時。

いつもよりも早く閉店した美容院の一角では、琴音さんと常連のお客様、鏑木《かぶらぎ》さんのチェスの対決が行われている。

ひと月に一度、こうやってサロンの終わりにふたりはチェスを楽しんでいるのだ。

「いやあ、琴音ちゃんがこの世に存在してくれてよかったよ」

「大げさですよ。鏑木さん」

「チェスをたしなむ人がいなくてずっと寂しかったんだ」

たしか鏑木さんがここに通いはじめたのは三年前くらいだったと思う。ふらっとやってきて、琴音さんと趣味のチェスの話で盛り上がり、いつしか、こうやって対戦するようになっていた。

気のいいおじいちゃん、くらいに思っていたのだが、驚いたことに元は大会社の社長だそうだ。今はお孫さんに社長の座をゆずり会長として実務からは退《しりぞ》き、悠々自適《ゆうゆうじてき》で暮らしていると聞いた。

楽しそうにゲームに耽《ふけ》るふたりに紅茶を淹《い》れて、私は洗濯が終わったタオルを片付ける。

週末はこうやって琴音さんのサロンを手伝うことも多い。

昔ながらの商店街の中にある、小さな美容院。昔から通っているお客さんが多く、私も小さな頃からかわいがってもらっている。

そんな人が多いなか、鏑木さんはちょっと違う。比較的新顔だが、私をかわいがってくれるということはほかのお客さんと変わらない。歳はまもなく七十を迎えるが、はつらつとしていてもっと若く見える。ロマンスグレーの髪をひと月に一度ここに手入れに来るのだ。

「寿々ちゃんの淹れてくれる紅茶はおいしいねぇ」

「ありがとうございます。そんなに褒《ほ》めてくれるのは鏑木さんだけですよ」

まるで本当の祖父のような優しさをくれる人。

「よそ見してると、痛い目みますよ」

琴音さんが鏑木さんを煽《あお》ると「こしゃくな」と笑いながら応戦している。

ちらっと時計を見るとかなり時間が経過していると気が付いた。

「鏑木さん、そろそろ切り上げないと――」

「こんにちは」

声をかけられて振り向く。そこには鏑木さんのお孫さんで、鏑木柾さんが、彼の秘書である西村《にしむら》さんと一緒にいた。西村さんは一歩引いたところで立って、琴音さんと目を合わせると軽く頭を下げた。

「いらっしゃいませ」

笑顔で出迎える私とは反対に、鏑木さんは不満そうだ。

「迎えが早すぎる」

「そんなことないだろ、わがまま言って幸田さんを困らせるんじゃない」

まるで保護者のような言い方に、思わず笑ってしまう。

相変わらず仲がいいなとほほ笑ましく思いながらふたりを見ていると、急にこちらを振り返られて驚いた。

「すみません、今日も長居してしまって」

申し訳なさそうに謝られて、こちらこそ恐縮してしまう。

柾さんがここに来るのは、祖父である鏑木さんを迎えに来るためだ。初めの頃は緊張していたけれど、今はすっかり慣れた。

最初に彼がここに来たときには本当に驚いた。

世の中にこんなに完璧《かんぺき》な人がいるのだろうかと。

あの扉が開いて、彼が扉から入ってきたときの衝撃を今でも覚えている。

身長は私よりも二十センチ近く高く、おそらく百八十センチを超えている。すらりと長い手足はモデルだと言ってもみんな信じるに違いない。黒くて艶《つや》のある髪はきちんと整えられていて清潔感があり、きりっとした眉《まゆ》に切れ長の目、高い鼻梁《びりょう》に少し薄めの綺麗な形の唇。

どこをとっても美しいその人に、見とれない人がいるだろうか。

物腰も洗練されていて、私は話すだけで恐縮していた。

ここ一年でやっと慣れたところだ。

最初は鏑木さんと呼んでいたけれど、それではおじいちゃんの方とどちらを呼んでいるのかややこしいので柾さんと呼ぶようになって、少し距離が近付いたような気がする。

最初はその整いすぎて冷たさを感じるほどの美貌に、恐れ多いとすら思っていた。

その印象が大きく変わる出来事があった。

いつだったか残業で遅くなった私が酔っ払いに絡まれていた際、たまたま通りかかった彼が助けてくれたのだ。

そのとき彼の優しさに触れてから、『鏑木さんのお孫さん』ではなく、『柾さん』と認識するようになった気がする。

それからますます彼との会話が弾むようになっていった。おかげで今は、柾さんと話すわずかな時間がすごく楽しみだったりする。

「寿々さん？」

呼びかけられて、話の途中だったと慌てる。

「あ、いえ。あの、叔母も鏑木さんが来るのを楽しみにしているので、謝らないでください」

琴音さんも、月に一度の鏑木さんとの対決の日を楽しみにしているのだ。

白熱したふたりの様子を見ていると、まだまだ終わりそうにない。

そして実をいうと私も、せっかく柾さんに会えたのに、もう帰ってしまうのかと残念に思う気持ちがある。

「柾、もう少しかかりそうだから、寿々ちゃんとお茶でも飲んでこい」

鏑木さんが柾さんにしっしっと追い払うように手をひらひらさせる。

「寿々ちゃん、悪いが寂しい独身男の相手をしてやってくれんか？」

私に「お願い」というように両手を合わせた。

もしかして寂しい独身男って、柾さんのこと?

彼が独身だというのは、会話の端々で知っていたけれど、寂しいというのはちょっと違うのではないだろうか。きっと彼くらい魅力的な男性であれば、周囲が放っておかないはず。

「ああ言ってるから、行こうか」

柾さんは肩をすくめて、私を誘う。

「え、本当に私もですか?」

「あぁ。祖父もそう言っているし。もしかして俺ひとりで行かせるつもり?」

笑いながらちょっとだけ目をすがめる。

「でも……ご一緒していいんですか?」

せっかく時間が空いたのだから、ひとりでゆっくりしたいのではないかと思う。きっと普段は、私には想像もつかないくらい忙しくしているのだろうから。

私がまごまごしていると、琴音さんが背中を押した。

「寿々、せっかくだからいってらっしゃい。あなたが行かないと、場所わからないでしょ」

それもそうだ。

彼は鏑木さんを迎えに来ているだけで、このあたりに土地勘があるわけではない。

「案内してくれるよね？」

「……はい」

ここまで言われて断るのも失礼だろう。私は柾さんとふたりで外に出た。

西村さんはどうやら鏑木さんのお目付け役で残されるようだ。

その西村さんはなんだか妙にそわそわしている。だけど私は柾さんを案内しなくてはいけないので、そのまま店を出た。


店を出て商店街を抜けて、近くのカフェに向かう。

「いつも、祖父が悪いね」

「いいえ、琴音さんも楽しんでいるので。私にもいつもよくしてくださるんですよ。私も鏑木さんと会うのは楽しみなんです」

お土産《みやげ》にお菓子をいただいたり、誕生日にお花をいただいたりした。心遣いが本当にうれしい。話術も巧《たく》みでいつも楽しませてもらっている。

私自身、ずっと美容院を手伝っているせいか、年上の人とお話をするのが好きなのだ。

「そうなのか。それなら安心だ。祖父と俺は今ではこうやってなんでも話すようになっているけど、少し前まではずっと上司と部下みたいな感じだったから、ちょっと距離があったんだ。だから君に対しても偉そうにしていないか心配していた」

苦笑いを浮かべつつ教えてくれた。

「そんなふうには見えません。驚きました」

「一応厳しく育てられたんだよ。これでも」

「でも今は、仲良しですよね？」

「仲良し……？　まぁ、そうなるのか」

今度は笑いながら首をひねっている。ちょっと恥ずかしそうだ。

「絶対にそうですよ。だから鏑木さんは柾さんが迎えに来るまで帰らないし、柾さんは面倒そうにしながら迎えに来てるじゃないですか。とてもほほ笑ましいですよ」

私が彼の顔を覗き込んだら、少し照れたのか顔を背《そむ》けられた。耳の先がほんのり赤いのは気のせいじゃない。

「おふたりとも不器用だけど素敵です。家族って努力しないと壊れちゃうから」

血のつながりがあっても、それだけでは家族になれない。

そのことを私は身をもって知っているから……。

「どうかした？」

今度は彼が心配そうにうつむいてしまった私の顔を覗き込んだ。

「なんでもありません」

顔を上げて私がほほ笑むと、鼻先にポツンと水滴が落ちてきた。それと同時にさっきまで明るかった空が急に暗くなる。

え……まさかこんなときに。

嫌な予感がした途端、次々と大粒の雨が空から降ってきた。

「おっと、これはちょっとやばいな」

「あそこで雨宿りしましょうか？」

そこでクリーニング店の軒先にふたりで駆け込んだ。私の手はなぜだか柾さんに引かれている。

彼はスーツに付いた雨粒を手で払いながら、雨のやまない空を眺めていた。

あぁ、雨女の本領を発揮してしまった。

内心ちょっと楽しみにしていたのに、文字通り水を差されてわくわくがしぼんだ。

自分の運の悪さを今更どうこうできるとは思ってないけれど、慣れていたところで落ち込まないわけではない。

そんな落ち込んでいるのが彼に伝わったのだろうか。

「ごめんなさい。この雨、私のせいなんです」

思わず謝ってしまった。突然の謝罪に驚いた彼に運が悪いからと理由を説明したら、彼はなんだか楽しそうに目を輝かせた。

それがまるで少年のように好奇心に満ちている。それに私はちょっと驚いた。だいたいの人は、冗談だと思って笑うか、いぶかし気に私を見てどう対応していいの困るのに。

「じゃあそんな運の悪い君が、ものすごく運のいい男と一緒にいたらどうなるんだろうね？」

そんなの考えたことすらなかった。そもそも私のこの最恐の運の悪さに匹敵《ひってき》するほどの最強の運のいい人に今まで出会ったことがなかった。

いたとしても、こんな提案しないだろう。

柾さん、私の言い分を否定せずに聞いてくれて、気にしないように面白い話題に変えてくれている。彼と話をしていて楽しいと思えるのは、端々にこういう気遣いが見えるからだ。

本当に素敵な人だな。

ちょっと落ち込んでいた私は、笑うことで元気になった。

そんな私に彼は驚くべき提案をしてきた。

「じゃあ決まりだ。寿々さん、俺とつき合おう」

「え？」

驚いて固まってしまった。私はじっとしたまま彼を見つめる。

きっと冗談だって、笑い出すはず。そう思っていたのに、彼の顔がすごく真剣で、これはもしかして、本気なのだろうか。

どうして……彼が？

運がいいとか悪いとか、そんな理由だけでつき合うなんて、本気なわけがない。そう思う気持ちとうらはらに、真剣な彼の視線が本気だと言っているようで判断に困る。

一番困るのは……そう言われてドキドキと胸の音を高鳴らせて、喜んでいる私だ。

柾さんに好印象を持っているのは事実だ。でも一緒にいることはできない。それは私の胸に痛いほど刻まれている。

どう答えたらいいのか迷い、大きな虹をふたりで見上げていると、目の前に一台の車が止まる。

「雨が降って来たし、切り上げて迎えに来たぞ」

後部座席の窓が下りて、顔を覗かせたのは鏑木さんだ。

西村さんが降りて来て、後部座席のドアを開けた。

「それと急ぎ社に戻ってほしいとの連絡がありました」

日曜日だというのに出社だなんて本当に忙しいようだ。

「……あぁ、わかった」

了承しているけれど不満顔だ。

「ということで、ご自宅までお送りします」

柾さんは肩をすくめながらそう言ったけれど、私はとんでもないと断った。

「急ぎの仕事があるんですよね。私は歩いた方が早いくらいの距離ですし」

「そうか……わかった。じゃあ連絡先を教えて」

柾さんのいきなりの申し出に戸惑う。教えるべき？　やっぱり教えない方がいい？

「でも……」

迷っても答えが出ない。もともとそんなに決断力があるタイプではない。

「ほら、早く」

柾さんが鏑木さんの様子を窺《うかが》うようにちらっと見た。

急ぎの用事があると言っていた。

もし私がここで教えたくないと、ごねてしまうと、彼らを待たせる。

柾さんの様子からして、向こうは引く気は一切ないみたい。

ここは諦めてしまう方が、面倒にはならないだろう。

スマートフォンを取り出すと、彼が素早く私の連絡先を登録した。

「ありがとう」

笑った彼の顔が本当にうれしそうで目を引かれる。私の連絡先を手に入れただけなのに、なんでそんなに上機嫌なの？

もしかして、あのつき合おうとかっていう話は本気……いや、そんなはずないか。日頃から恋愛事と距離を取っているから、些細《ささい》なことで勘違いしそうになる。そんなこと考えていたなんて知られたら恥ずかしい。

「今日の埋め合わせは必ず」

「気にしないでください」

そもそも時間つぶしにつき合うという話だった。埋め合わせをしてもらうほどのことではない。

「いや、俺が楽しみにしているんだ。じゃあ気を付けて帰って」

彼は車に乗り込む間際まで私を気にかけてきた。

私が柾さんたちの乗った車を見送った頃には、先ほど出ていた虹はすでにすっかり消えていた。

＊＊＊

祖父を自宅に送り届けた後、会社に戻った。

《鏑木《かぶらぎ》テクニカ株式会社》は、機械系の商社で戦後の高度経済成長を支えた会社だ。

現在は俺が社長を務め、祖父は実務から退き会長として君臨《くんりん》している。

いまだに祖父の影響力は大きいが、本人は口を出さずに隠居生活を楽しんでいるようで何よりだ。

どんな形であれ、俺を育ててくれた人だ。これまで働きづめだったのだから残りの人生を十分満喫《まんきつ》してほしい。

研究者の両親は家庭には一切興味がなかったらしく、俺は祖父母に育てられた。

今では祖父との仲は良好だが、全盛期は家にいることは少なく俺は祖母によって厳しく育てられた。

それはおそらく、息子である父の教育に失敗したと祖母が思っていたからだろう。

まぁ、そのおかげで今の自分があるのだから一概《いちがい》に教育方針が間違っていたとは言えない。

祖母の教育のたまものか、社長業はわりとうまくできていると思う。

そう思えるようになったのも最近になってからだ。感謝の気持ちを伝えられずに祖母は五年前に亡くなってしまった。

ふと寿々さんの『自分は運が悪い』という言葉を思い出した。

彼女にも伝えたが、自分はどちらかといえば運がいい方だと思う。いやかなり強運だと思う。

学生の頃の行事のほとんどは晴れている記憶しかない。強《し》いていえば面倒だなと思っていたマラソン大会が雨で中止になったが、それは俺にとってはラッキーなことだ。

大学生のとき紙幣《しへい》を細かくするために買った宝くじがその場で当たり、その日は友人にその金でおごり感謝され、その年のテストの過去問や授業のノートを集めるのには苦労しなかった。

うっかり寝坊して乗り遅れた新幹線が突然の天候不良で立ち往生《おうじょう》したこともあった。もし乗っていたら何時間も車内で缶詰だったに違いない。くじは大吉以外引いたことないし、そもそも占いなんてものは一度もあてにしたことがない。

たとえ悪い結果が出たとしても、自分に当てはまるとは思えなかった。

人よりもわずかに優れた見かけと、頭の回転の速さ、生まれた家だって恵まれている。

これで運が悪いなんて言ったら、怒られそうだ。

「こちらどうぞ」

「あぁ、ありがとう」

デスクの上にコーヒーが置かれた。

「寿々さんとのご予定を邪魔してしまいましたので、お詫びです」

「気にしていたのか？」

「本当に残念そうなお顔をされていたので」

西村は意味ありげに笑っている。

「なんだ、何か言いたそうだな」

不思議に思って尋ねてみる。

西村はもともと祖父の秘書だったのだが、社長に就任した際そのまま引き継いだ。

最初はお目付け役だと思っていたが、彼にはずいぶん助けられた。信頼のおける部下のひとりだ。

そのせいか、こういう気安い会話もする。

「社長が女性に興味を持つのは珍しいなと思いまして」

「そんなことか。まぁ、今日は見事にふられたうえに仕事のせいでまともに話もできなかったけどな」

「ふられた、社長が？」

自分で暴露《ばくろ》したにもかかわらず、相手の口から繰り返されるとなんとなくむっとする。

「そうだ、この俺が！　まぁ、正確にいえばまだ望みがないわけじゃない。ただ完全な拒否の雰囲気だった」

ふられていないけれど、告白は失敗だ。NOとは言われていない、まだ首の皮一枚つながっていると思っていたい。

「なるほど、幸田家の人はみんな手ごわいですね」

「みんな？」

なんとなく引っかかって聞いてみた。

「お気になさらないでください」

笑った顔に何か含みがあるような気がしたが、時間が遅いので西村は帰して、急ぎの仕事を終わらせることにした。

一時間ほど経ちトラブル解決の目途《めど》が立った。

椅子《いす》から立ち上がり伸びをしながら窓辺に歩いていき、眼下に広がる夜景を眺める。

夕方見た虹は当たり前だけれど、もちろん見られない。だが脳裏にあのときの光景が強く焼き付いている。

虹だけじゃなくて、隣にいる寿々さんのうれしそうな顔を思い出し思わず顔が緩んだ。

第二章

午前の仕事を片付けた私は、ランチルームに向かう。

以前はここで調理されたものが提供されていたが、経費削減策として今は日替わりで二～三社のお弁当屋さんがやってきて販売している。

社内で取引業者のアンケートまで実施しただけあって、安くて豪華なお弁当が食べられるし、ちょっとしたデザートやコーヒーも扱っていて社員にはなかなか好評だ。選定を行った身としては、概《おおむ》ね満足してもらえてほっとしている。

かくいう私もお弁当は持ってきているが、今日のお店が販売するプリンを楽しみにランチルームにやってきた。

春山さんと後で合流する予定なので席を確保しておく。

私と同じように、休憩《きゅうけい》に入った社員たちがたくさん押し寄せてきた。今日もランチルームは満員だ。

社内用のミニバッグの中でスマートフォンが震えた。春山さんからだと思い取り出して確認した途端、私は小さく息を吐いて肩を落とした。

メッセージの相手は、柾さんだった。

彼のスケジュールの調整の付きそうな日を教えてくれて、時間が合えば会いたいというメッセージだ。

忙しそうな彼が時間を作ってくれているのに、私はそれに応えるつもりはない。

うぅ、本当にごめんなさい！

罪悪感を覚えながら【どの日も予定があり、申し訳ありません】とそっけない返事をしてスマートフォンから顔を上げたら、春山さんが向かいの席に座ってじっとこちらを見ていた。

「わっ、いつの間に来てたんですか？」

「本当にごめんなさいって言ってるところあたり？」

「うそ、声に出てました？」

「うん、ばっちり」

春山さんは買ってきたお弁当の蓋を取りながら、にやにやして私を見ている。

これは嫌な予感がする。

ここは先手必勝で別の話題を振って逃げる。

「お弁当、おいしそうですね。どこのですか？　私も来週は——」

「ごまかしても追及するから、無駄なあがきはしないことだね」

「うぅ……」

鋭い春山さんには隠せそうにない。

それに彼女は不用意に噂を広げる人ではないから、柾さんのことをかいつまんで話した。

心の中では誰かに聞いてほしかったのかもしれない。

「素敵！　いいじゃない。寿々ちゃんの不運を打ち消して虹まで出しちゃう人でしょう？」

「虹は彼が出したわけじゃないと思うんですけど」

「それを言うなら雨だって寿々ちゃんが降らせたわけじゃないじゃない」

「それはそうですけど。私のは、筋金入りなので」

「筋金ね、ははは」

こうやって誰かが笑ってくれると、私の不幸も少しは役に立つのかと思う。

「でも冗談でもなんでもなくて、向こうが寿々ちゃんのことを知ってそれでもつき合いたいっていうなら、勇気を出してみたら？　運命の相手かもしれないよ」

「運命の相手？」

物語の中ではよく出てくるフレーズだが、どういう意味だろう。

「そう、どんな困難もふたりならひょいって乗り越えられる……みたいな？」

「みたいな？」

そんなものあるのだろうか。これまで自分が巻き起こしてきた不幸エピソードを考える。

それらを一緒に乗り越えてくれる相手。

そこでちゃんと柾さんの顔が思い浮かんできた。

彼があまりにも自信満々に『運がいい』なんて言うし、春山さんが彼なら大丈夫かもなんて言うから、その気になりそうになった。

「明るい運命、私にもあるんでしょうか？」

「もちろんでしょ！　ほら、これあげる」

後で買おうと思っていたプリンが差し出された。

「ありがとうございます」

「うんうん。それ受け取ったんだから、午後からちょっと仕事手伝ってね」

「はい、もちろんです」

私は賄賂《わいろ》を受け取り、快《こころよ》く仕事を引き受けた。

楽しいランチではあったけれど、柾さんの誘いをうそをついて断った罪悪感はぬぐいきれなかった。

定時で仕事を上がり帰宅後、私は帰りに買ってきた材料を使い、キッチンで夕食の用意と明日のお弁当の下準備をしていた。

琴音さんは店の閉店作業をしている。

家事が苦手な琴音さんだが料理はその中でも群を抜いて嫌いらしく、私が小さな頃は頑張ってくれていたが、小学校高学年になると私が食事の準備を買って出るようになった。

「寿々～、疲れたぁ」

満身創痍《まんしんそうい》という表現がぴったりの様子で、店から戻って来た琴音さんが、ダイニングテーブルに突っ伏した。

「そろそろできるから、少し待っていて」

今日のメニューは、琴音さんのリクエストに応えてコロッケだ。

食べやすいように小さくまるめてコロコロ転がしながら揚げた。

多めに作って明日のお弁当に入れるつもりだ。

油の音が変わって、衣がきつね色になったところで引き上げる。

揚げたてのあつあつを山盛りのキャベツの千切りの載ったお皿に並べて、お味噌汁ときゅうりの浅漬けを並べた。

「わぁ～おいしそう。ビール、ビール」

琴音さんは冷蔵庫から缶ビールを取り出すと、席に着くまで我慢できなかったのか、プシュッといい音をさせて開けながら椅子に座った。

「いただきます」

「はい、どうぞ」

私も自分の分のお茶を用意して座る。

「ん～寿々のコロッケ最高！」

目を閉じながら、頬を押さえてうんうんと頷いている。

「そんなに喜んでもらえると、作ったかいがあるよ」

結構面倒なのだけれど、琴音さんの大好物だから我が家ではよく食卓に上る。

「最近、お店忙しいみたいだね」

「そうなの、ほら駅の反対側にあった美容院がさ、お店やめちゃったみたいなのよ」

肩こりがひどいのか、首を左右に動かしている。

「あ～それでこっちに何人か来てくれるようになったんだ」

「そうなの。ありがたいんだけどね……大変なのよ」

ビールを飲むペースがいつもよりも早い気がする。相当疲れているようだ。

「私が手伝えればいいんだけど」

実は一度は美容師になろうかと考えたこともあった。ただ美的センスに自信がないうえに、不幸体質のせいでお客様をトラブルに巻き込む可能性を考え、刃物を扱うのだから危険すぎるという理由で諦めた。

「いいのよ、気にしないで。それにせっかく入った上場企業で頑張ってるんだから。おいしいご飯を作ってくれるだけでありがたいもの」

「わかった。リクエストあればできるだけ応えるね」

「優しいね、うちの寿々は。もう一本ビール飲んじゃおうかな」

冷蔵庫に向かおうとする琴音さんを止めた。

「もう飲みすぎです。絶対明日後悔しますよ」

琴音さんは私の言葉にしぶしぶ席に戻った。

「あ、そうだ。実は週末に鏑木さんに――」

「ゴホッ……ゴホッ」

飲んでいたお味噌汁がのどに詰まりそうになった。鏑木さんという名前に妙に反応してしまった。少し考えれば柾さんのことではないとわかるのに。

どうしてこんなに動揺してしまったのだろう。

「大丈夫」

「うん、続けて」

「鏑木さんにコンサートに誘われていたんだけど、こんな状態だから私は行けそうにないの。代わりに寿々行ってくれない？」

差し出されたチケットを確認したら、世界的に有名なバイオリニストの公演だった。ドラマの主題歌やＣＭにも楽曲が使われていて、普段クラシックになじみのない私でも知っている。

「これって人気でなかなかチケット取れないんじゃないの？」

驚いて琴音さんを見る。

「そうなの、だから行かないともったいないでしょ。それに鏑木さん楽しみにしていたみたいだし」

普段私もお世話になっているし、ご一緒することで少しは恩返しになるかも。

「せっかくだから行こうかな。コンサートなんて久しぶりだし。でもお店ひとりで平気？」

週末はいつも、雑務を手伝っている。

忙しいなら私も働いた方がいいのではないだろうか。施術《せじゅつ》はできなくても、掃除や事務仕事なんかは役に立つ。

「その気持ちはありがたいけど、鏑木さんに不義理したくないのよ。だから行ってくれると助かるし、向こうも喜ぶと思う。鏑木さんには私から伝えておくから」

琴音さんがそう言ってくれたので、喜んで行くことにした。

チケットを見て、わくわくする。

「楽しみ？」

「うん、ありがとう」

「そっか、もう一本ビール飲んでいい？」

「それはダメ」

「ケチ」

ふたりで笑いながらその日の夕食を終えた。

そしてやってきた週末、コンサート当日。

琴音さんの代理とはいえ、久しぶりのおでかけを数日前から楽しみにしていた。

今は十六時。開場が十八時なので二時間前の待ち合わせだ。

コンサートの前に軽く食事する約束を鏑木さんと琴音さんがしていたらしく、かなり早めの時間だけれど待ち合わせ場所に向かう。

せっかくのコンサートなので、いつものオフィスカジュアルから脱却《だっきゃく》し、ワンピースにした。

落ち着いたベージュに小さな黒い花がプリントされている。歩くとスカートのプリーツが軽やかに揺れるお気に入りの一着だ。

「そろそろ来ているはずなんだけど」

うちに来るときみたいに、タクシーかな?

帰りは迎えの日もあるが、普段はタクシーをよく使っている。

待ち合わせがホテルのロビーだったので、入り口でタクシーの出入りをそわそわしながら見ていた。

時々ガラスに映る自分の姿を確認して、変なところがないかチェックする。

いつもと雰囲気が違うから、もしかしたら向こうが見つけられないかもしれない。

絶対に見逃さないように……と強い気持ちで外を眺めていたせいで、背後から近付いてきた人に気が付かなかった。

「お待たせしました。寿々さん」

「きゃあ」

驚いて振り向くとそこに立っていたのは、柾さんだった。

ど、どうして？

一気に心拍数が上がってすぐに声が出ない。

口を数回開いたり閉じたりした後、やっと声が出せた。

「ど、どうして柾さんがここに？」

「寿々さんに会いに」

「へ？」

うまく理解が追いつかなくてぽかんとしてしまう。

「さぁ、行きましょうか？」

「え、え。ええ？」

ぼーっとしている間に手を引かれ、エレベーターホールに向かう。

「予約している店がここの最上階なんだけど、寿々さんの好みに合うといいな。イタリアンなんだ」

疑問だらけの私に比べて、柾さんはなんにも問題がないかのごとくいつも通りだ。

「あの……鏑木さんに何かあったんですか？」

心配になって聞いてみる。本来ここに来るのは鏑木さんだったはずだ。

「君にそんな顔をさせたこと、ちょっと後悔するな」

「え？」

柾さんは足を止めて、私の方を向いた。手はまだつながれたままだ。

「実は今日のことは、会長と琴音さんに協力してもらったんだ。どうしても君と一緒に過ごす時間が欲しかったから」

会長とは、柾さんのお祖父様の鏑木さんのことだ。

「じゃあ最初から、琴音さんと鏑木さんの約束ではなくて――」

「俺と君がデートをする予定だった」

あぁ、そういうことか。

「だますような形になって悪かった。すまない」

真摯《しんし》に頭を下げられて、責める気になれない。

「私がずっと避けるようにしていたので……お気付きでしたよね」

気まずくなってまっすぐに顔が見られない。ちらっと窺うように彼を見る。

「ん、そうだな。そこで諦められたらよかったんだけど。俺結構しつこいんだよ」

肩をすくめて苦笑いを浮かべている。

「できれば俺をちゃんと見て、それから答えを出してほしい。それともチャンスすら与える価値のない男だと思ってる？」

「まさか、そんな！」

私にとって柾さんは、恋愛対象にするには立派すぎるのだ。何もかも私とは釣り合わない。

価値がないなんてとんでもない。

「じゃあ、問題ないな。悪いけどこれからもどんな手を使っても君を振り向かせるつもりだから」

そんな宣言をされるとは思っていなかった。どうやら私は柾さんを甘くみていたらしい。

私はさっそく意識しすぎて、つながれた手から感じる彼の体温にドキドキして、どうしたらいいのかわからない。

振りほどくのはちょっと失礼だよね。そっと手を引いて離してほしいとアピールしてみる？

私は彼につながれた手をちょっと引いてみた。するとどうだろうか、離されるどころかぎゅっと強く握られてしまった。

どうして～？

うまくいかなくて内心泣きそうになる。

私が静かな格闘をしている間に、エレベーターの到着を待つ人が増えてきた。

週末なので、ビジネスマンよりも家族連れやカップルが多い。

到着後、中に乗り込むと待っていた人でほぼ満員になる。

私のふとももあたりには小さな男の子が立っていた。押しつぶされないか心配だ。

そしてそれと同時に私の手が、いつ離されるのかも知りたい。

そんな状態でエレベーターが動き出したまではよかったのだけれど……私の不幸体質がここで遺憾《いかん》なく発揮されてしまった。

動き出してすぐに、エレベーターが急停止したのだ。ガクンと揺れて開かない扉に鈍い私でもこれが普通の状態でないことは理解できた。

中にいる人たちが、みんなざわつきはじめた。

柾さんは私の様子を窺うようにちらっとこちらを見て頷いた。それを見てほっとする。こういうときに周囲が焦っていると伝染する。一緒にいる人が冷静でいてくれてよかった。

「すみません。そちらの方、外部との連絡ボタンを押せますか？」

柾さんがボタンの前に立つ人に声をかけた。

「はい、やってみます」

「お願いします」

それまで、それぞれにどうしたらいいのかと思っていたはず。しかし柾さんが統率したおかげでみんな焦らずに状況の把握を待てるようになる。

するとすぐに外部と連絡が取れ、電気系統のトラブルで停止していることがわかった。復旧までに三十分ほど時間がかかるそうだ。

最悪ながらも、とりあえずの状況がわかりほっとした。

しかし身動きも取りづらいほどの人が乗っているエレベーター内に詰め込まれた人たちに、だんだんと疲労の色が見えはじめた。

特に私の隣にいた小さな男の子は泣き出してしまった。

「足が痛い、帰りたい。ねーママ、いつになったら出られるの？」

「もう少しだから我慢してね」

赤ちゃんを抱っこしたお母さんが、男の子をなだめながら周囲に頭を下げている。

「こっちにもたれていいよ」

私が声をかけると、男の子は私の足に抱き着いて顔をすりつけている。

「大丈夫だよ、もうすぐだよ」

なんて声をかけていいのかわからず、ありきたりのことしか言えない。

「暑いよ～」

たしかに男の子の額にはびっしょりと汗が浮かんでいて、前髪が額にはりついていた。

少し呼吸も荒い気がする。

「大丈夫か？」

柾さんが男の子の様子を気にして声をかけた。すると左右に頭を振っている。

「大丈夫じゃないみたい」

トラブルに遭遇《そうぐう》することが多くても、困っている人に確実に対処できるわけではない。

助けたいという気持ちがあっても、能力が伴わないことも多々ある。

不甲斐《ふがい》なさを感じていると柾さんが「すみません」と周囲に言いながら、体を動かした。

「おいで」

手を差し伸べた彼は、私の足元から男の子を救い出す。そしてそのまま肩に担いで男の子を肩車した。

「わぁ」

百八十センチを超える彼の肩車は相当高い位置だろう。けれど先ほどまでとは違い、圧迫感から解放されたみたいで男の子は満足そうだ。

「すみません。ご迷惑を」

「いいえ、大丈夫です」

柾さんがにっこりと笑うと、お母さんは安心したように子どもを見た。

「君が一番高いな」

「うん、僕一番」

無邪気な様子の男の子に一同がほっこりすると同時に、エレベーターが動き出した。

柾さんは男の子を肩から降ろししっかりと抱いたまま、エレベーターから降ろした。

「本当にありがとうございました」

「おにーさん、ありがとう」

ホテルの人の謝罪を受けながら、問題がない人はそれぞれ目的の場所へ移動していく。

男の子もお母さんと一緒に元気に歩いていった。

「よかったですね……あっ」

ほっとしたのも束《つか》の間《ま》、柾さんのスーツに男の子の靴の跡が付いているのに気が付いた。

「ははは、仕方ないな。ただ君も」

彼が指さした私のスカートにも男の子の汗と涙の跡が付いている。

ふたりして顔を見合わせて笑った。

「ちょっと困りましたね。ちゃんと汚れ取れるかな」

実質閉じ込められていた時間は、二十分ほどだった。余裕はないけれど時間はまだある。

「いいこと思いついた」

柾さんがいたずらっ子のような顔で私を見てにっこり笑った。

どうして……こんなことに。

私はサロンの大きな鏡の前に立ち、運ばれてきた洋服をスタッフの手によって着せ替えられる。

あの後、柾さんに連れられて、ホテルから歩いてすぐのサロンに来た。

「あの、これって」

「さっきのより、こっちがいい。これにしよう」

「かしこまりました」

戸惑っている私をよそに、柾さんはにこやかにスタッフと会話をしている。

「俺が決めたけど、似合ってるからいいよね?」

NOは言えそうにない雰囲気だから頷いた。

しかしいったい、いくらするんだろう。どう考えても普段私が買っているような値段ではないはず。

先月の残業代が羽ばたいていくのが頭をよぎった。

「俺も着替えてくるから、かわいくしてもらって」

「……はい」

無理を言わないでほしい。服は変えられても顔は変えられないのだから。

そんなふうに思っていたけれど、プロの手でヘアメイクを施《ほどこ》された私は、鏡の中の自分と向き合って首を傾げた。

……誰、これ。

間違いなく自分の顔だけれど、全然見慣れない。自分のような別人がいた。

それくらい、化粧をした私はそれなり……どころか綺麗だった。

「できた？」

鏡越しに柾さんが私の顔を見ている。

「すごい、かわいいね」

ストレートに褒められて、お世辞《せじ》だとしてもうれしい。

「本当にお化粧が映《は》えますね」

「それは違うよ、彼女は素顔も素敵だから。一粒で二度おいしいんだ」

「柾さんっ、恥ずかしいのでやめてください」

冗談でもそんなこと言わないでほしい。顔から火を噴きそうだ。それにその例えって正解なの？

「俺は本気なのに」

柾さんは不満そうだ。

「立ってみせて」

彼に言われるまま立ち上がる。彼が私の頭からつま先まで見て満足そうに頷いた。

「完璧」

「……よかった」

彼が選んでくれたのは、トップスは黒のシフォン素材のブラウスで、下はシャンパンゴールド色のAラインスカートを合わせている。

華やかだけれど、私の好みからかけ離れてはいない。

鏡で見るとかわいくてうれしくなる。もちろん身の丈に合っているか不安だけれど、私だってかわいいものは好きなのだ。

「柾さん、選んでいただいてありがとうございます」

冒険ができない普段の私なら、選ばないデザインだ。

こういうときでないと、新しい自分を発見できない。彼と一緒にいないと知ることができない自分だ。

そのときになって私はやっと彼の洋服が目に入った。

「柾さん、もしかして」

「そう、気が付いた？　寿々さんとおそろい」

彼は私にみせつけるように、ネクタイを持ち上げた。それは私のスカートと同じ色だ。

「おそろいなんですね」

「そう、いい感じじゃない？」

私は頷くしかできなかった。なんとなく胸のあたりがくすぐったくて、彼の顔がまともに見られなかった。

「さぁ、そろそろ開場だから向かおうか」

「はい……あの、お会計は」

持ち合わせの現金では払えそうにない。カードが使えるといいのだけれど。

「俺からのプレゼントだから気にしないで」

「そんな！　ダメです」

今日のコンサートも柾さんからのお誘いということで、代金は受け取ってもらえなかった。それなのに洋服まで買ってもらうわけにはいかない。

「もらえない。おそろいの服を着たかった俺のわがままだから。ほら、行かなきゃ間に合わないよ」

柾さんは私の手を引いて歩き出した。

私がいつもぐずぐずするせいか、すぐ彼に手を引かれてしまう。

でもなんだか今日はこれでいいような気がした。彼の強引さに流されている自覚はある。けれどそれが嫌なわけじゃない。

サロンからコンサートホールまでは歩いていける距離だ。私たちはふたりで人波をぬって歩いていく。

今日は比較的暖かくストール一枚羽織《はお》るのがちょうどいい。

「寿々さん、食事する時間がなくなったんだけど大丈夫そう？」

「はい。実は近所の和菓子屋さんから大好きなわらび餅をいただいて、我慢できずに食べてしまったんです……だからあんまりお腹すいてなくて」

「ならよかった。終わったら感想言いながら食事をしよう」

返事をする前に会場に到着してしまった。

鏑木さんっていったい何者なの？

私は柾さんに手を引かれるまま指定の席に向かって驚いた。

私たちが会場に到着したのは開演の五分前で、席のほとんどは埋まっていた。

「すみません、失礼します」

頭を下げながら自分たちの席を探す。その頭を下げた相手がすごすぎた。

俳優さんや、政治家、経済紙で見る企業の社長さんなど私でも知っている有名な人がそこかしこにいるのだ。

私の隣に座っているのは、前総理とその奥様だ。

場違い感が半端ない。なんだか変な汗が背中を伝う。

不安になって席に座ったばかりの柾さんの方を見る。

隣に座る彼のスーツをちょいちょいと引っ張ると、彼が少し私の方に耳を傾けてくれた。

「あの、この席で合ってますか？」

「ん、合っているけどどうかした？」

「だって……」

周囲を見渡していると「鏑木くんじゃないか」と元総理が柾さんに声をかけた。

「お久しぶりです。奥様もお元気でしたか？」

……うそでしょ。柾さん知り合いなの？

目の前がくらくらする。どうしてこんな状況になってしまったのだろうか。

「今日はデートかい？」

「はい、ちょっとずるい手使っちゃったんですけど」

「ははは、まぁ欲しいものは何としても欲しいものな」

私の話をしてるの？

もうこの状況の意味がわからなくて、ひやひやしてドキドキする。

「邪魔しちゃ悪いから、楽しんで」

「ありがとうございます」

そのやり取りを私は顔を引きつらせながら聞いていた。

そんなこんなではじまる前から気持ちが忙しかったけれど、開演してからは、音の洪水の中、湧きあがってくる感情にそれらの気持ちは押し流され、心も体も震えるような音に、私は身を任せた。


感動と興奮の中、私はふらふらとまた柾さんに手を引かれて気が付けばレストランにいた。

「はぁ、すごかったですね。私こんな本格的なコンサート初めてだったんですけど、感動しました」

拍手のしすぎで手が赤くなっている。でも後悔はまったくしていない。

「少々強引な手を使ってでもデートに誘いだして正解だった。寿々さんのそんなうれしそうな顔が見られるんだから」

「へ、変なこと言わないでください」

どういう反応をしていいのかわからずに、視線をそらした。

「どうして？　誘ったからには楽しんでほしいじゃないか」

「それはそうかもしれませんけど……」

「もしかして、会長と一緒がよかった？」

彼がなんとなく寂しそうに言うので、慌てて否定した。

「そういうわけじゃないです。柾さんとご一緒できて楽しかったですから」

「それなら問題ないよね？」

「は、はい」

にっこりと彼は笑ったけれど、私はなんだか狐につままれた気分になる。結局なんの答えも出ていない。

もちろん本当の気持ちだけどなんだか納得ができない。彼は自分のペースに話をもっていくのがうますぎる。

そんなやり取りをしていると食事が運ばれてきた。

私にアレルギーや好き嫌いを確認したうえで、お任せコースをオーダーしてくれたみたいだ。

店内はすべて個室になっていて、灯りが絞られている。シックな雰囲気だがところどころに和の要素も取り入れられていておしゃれだ。

創作和食の店らしく、前菜として出汁《だし》そのものが提供されたときはびっくりした。すごく澄んでいるのに深い味わいに驚く。

旬《しゅん》のものを取り入れた、おいしい料理が続く。この季節においしいヒラメを、えんがわはマリネ、身は刺身という贅沢な食べ方で余すことなくいただいた。

「はぁ、おいしい」

「ほかに食べたいものがあれば言って」

「いいえ、もう大丈夫です」

あとは水菓子とデザートが残っているだけだ。お腹も心も満足している。

あったかいお茶と一緒に楽しんでいると、急に柾さんのまとう雰囲気が変わった。

「俺、今日はすごく楽しかった。君は？」

「私も楽しかったです。本物の音ってすごいんですね」

今思い出しても、感動がよみがえって心が震える。

「喜んでもらえて、うれしいよ。会長や琴音さんに協力してもらったかいがあった」

「今度いつお会いできるかわからないので、お礼を言っておいてください」

「わかった、それでここからはちょっと真剣な話なんだけど」

彼の前置きに私は居住《いず》まいを正す。あんまり聞きたくないなと思うけれど、ここまできて逃げ出せない。さすがに失礼だ。

「どうして俺からの連絡を避けていたの？」

「……それは」

実は、今日は柾さんから会えないか打診があった日だった。用事があると断ったのに、代理でコンサートに行くなんてどう思っただろう。

普通に考えればひどい話だ。

「ごめんなさい」

失礼なことをしたので、謝るしかない。しかし彼は私を責めなかった。

「謝ってほしいわけじゃないんだ。俺だって大人だからいろいろと察して引いてあげるべきだと思う。でも君にはそうしたくない。理由を教えてほしい」

怒っても仕方がないことをしたのに、真摯な態度の彼に私も自分の気持ちを伝える。

これまでは、はっきりと伝えずに逃げようとしていた。

「私、恋人を作るつもりはないんです。だからそういう類《たぐい》のものはすべてお断りしています」

私をまっすぐに見つめてくる柾さんの視線に耐えられなくて目をふせた。まるで心の中を見透《みす》かそうとしているみたいだ。

「それは俺自身の告白を断る理由にはならない」

今の彼の様子を見ていると、冗談でこんなことを言っているとは思えない。

この間の告白は、冗談だと思い込もうとした。けれどもう勘違いでごまかすのは無理だ。

私が避けても彼はものともせず、こうやって会う機会を作った。冗談でこんな面倒なことはしないだろう。

それがわかっているから逃げずに自分の話をしようと視線を彼に戻した。

「相手が誰でも関係ないんです。以前、私の運の悪さの話をしたと思うんです。この間の雨に続き今日のエレベーターのトラブルで、事実だってわかってもらえたと思いますが」

会うたびに巻き込まれたのだ、きっとわかってくれたはず。しかし彼はまったく気にしていないようだ。

「たかがそのくらいで？　俺にとっては不運でもなんでもないけど。この間は虹を見られたし、今日は服をおそろいにして遅い時間までこうやって君を独占できている」

彼の言い分に驚いて目を見開いた。決して喜ぶべき状況ではないはずなのに、なぜそんなふうに思えるのだろうか。

いや、こんなところで考え込んではいけない。

私は首を左右に振って自分の主張を続ける。

「今日くらいのことなら、そう思えるかもしれません。でも実際は命にかかわることもあるんです」

命にかかわるなんて話をすると、みんな『大げさだ』と言って笑い飛ばそうとするが、私は真剣だ。

私の必死の訴えに、柾さんは黙ったまま強い視線を私に向けている。そこに馬鹿にしたような様子がないことを確認して話を進める。

思い出したくはない、でも真剣に私に向き合っている柾さんにはちゃんと伝えたい。

ゆっくりと高校時代の彼氏の話をした。私と一緒に事故に巻き込まれ大きなけがを負ったこと。それに伴い、受験がうまくいかずに一年浪人生活を送ったこと。間違いなく私の影響で彼の人生が歪《ゆが》んでしまった。

「私の不幸は人を巻き込みます。友人や知り合い程度なら問題ないですけど、特別な関係の人にはその被害が甚大《じんだい》なんです」

それ以外も深いつき合いになると、不運な出来事が続きうまくいかなくなることがあった。

彼は黙ったまま話を聞いていた。私が話し終わると彼が口を開いた。

「それだけ？」

「え……いや、本当にみんな危険な目にあって不幸になっているんです」

「本当に不幸だったか、本人たちに聞いた？」

「それは……」

そんなことできるはずがない。

高校生のときは彼のお母さんから会わないように言われたし、そのほかの人だって極力私と距離を置いた。

その方が彼らのためなのだから。

「別にほかの男がどうだったかなんて、知ったこっちゃない。俺は俺だから」

「でも――」

「それをいうなら琴音さんはどうなんだ。彼女が不幸には見えないけれど」

「叔母は家族だから離れることはできないし、それに私を引き取った時点で不幸でしょ。人生の大事な時期を、私を育てるのに全部費《つい》やして……」

叔母である琴音さんには、本来私を引き取る義務なんてない。面倒事でしかないのに、それでも一緒に暮らそうと言ってくれた。私がいなければできたこともたくさんあっただろう。琴音さんの人生からみれば不幸に違いない。

琴音さんには申し訳ない気持ちをいつも持っている。だからこそ彼女のためにできることがあれば頑張りたい。

しかし柾さんはそれを真っ向から否定した。

「それは違う。君と暮らすと決めたのは彼女の選択だから、寿々さんが否定してはいけない。それは彼女の決意とこれまでの頑張りを否定することになる」

驚きで目を見開き、彼を見る。

「私、そんなつもりじゃ……」

小さい頃、大人たちがほんのちょっとした世間話として、私と叔母の話をしているのを聞いた。

私がいるから叔母が自由になれないと。

自分の存在自体が不幸そのものだと。

ただそれを自覚したところで、子どもの私にはどうすることもできなかった。

だからこそ、いつも申し訳ない気持ちを持って今まで、琴音さんと接してきた。

それが当たり前だと思っていた。だから柾さんのように言ってくれる人は初めてだ。

「琴音さんは君と暮らして、間違いなくたくさんの幸せを得たと思うよ。見ていればわかる」

「そういうときもあったかもしれない。でも圧倒的に迷惑をかけた時間の方が長いもの」

「そういうのはお互い様じゃないのか？　ただ俺には琴音さんが不幸には見えない。本人に確認したんじゃないなら、彼女がたくさんの幸せを逃したという君の主張はただの妄想《もうそう》だろう」

おっしゃる通りだが、私が尋ねたところで琴音さんは正直に心の内を話してくれるとは思えない。

「琴音さんは家族だからって、さっき言ったよな？」

私は黙って頷く。家族だから、他人よりも強いつながりがある。だから琴音さんの優しさに甘えて許してもらっている。

「それなら俺も君の家族になる。そうすればいいんだろう？」

「……え？」

頭の中が一瞬で真っ白になった。

これまで彼にどう言えば伝わるのか考えていたのに、突拍子もないひとことで全部吹っ飛んだ。

「家族だったら安心できるなら、俺と結婚しよう」

いったい何を言いだすのだ。私はどう返事していいのかわからない。思考が停止してしまった。

「ははは……」

私はもうどうしていいかわからず、笑い出してしまった。

「その反応はOKってことだな？」

喜びを顔に表した彼を、ばっさり切り捨てる。

「違います、まったく違いますから」

「そうなのか？」

今度は不満げにしているが、どうやったら今の状況でOKだと思うのだろうか。

「最初から話を整理させてください。私はおつき合いも断りました。それなのにどうして結婚なんて話になるんですか？」

ひとつずつ話をして整理していくしかない。

「君が周りを巻き込みたくないってかたくなに言うから。でも家族ならいいんだろ?」

「そういう意味で言ったわけじゃなくて」

私の言葉を彼が遮る。

「どういう意味でも構わない、君は俺のことを好きになって。それですべて解決するから」

「……ははは」

もう何も考えたくない。柾さんは賢い人のはずなのに、どうしてこんなに会話が通用しないのだろうか。

どんなに言葉を尽くしても、結局最後は彼の思うままになってしまう。このまま話を続けていたら、引き返せなくなりそうだ。

「とりあえず、そろそろ帰ろうか。琴音さんが心配しているかもしれないから」

このままここにいたところで、きっと話し合いはうまくいかないだろう。

とにかく帰ってじっくり考えたい。私の中でいったん保留にして、帰路につくことにした。

柾さんの車で自宅まで送ってもらう。

私でも知っている立派な高級車に緊張が走る。汚したり傷つけたりしないように細心の注意をしながら車に乗った。

車内でも話の続きをするかもしれないと身構えたが、そういったことはなく、コンサートや食事の感想や、私の仕事に関して話をした。彼の仕事の話も少し聞かせてもらい、これまでよりも深い話が聞けた。

それにしても驚くのは彼の働きぶりだ。少し聞いただけでも、スケジュールがぎっしり詰まっているとわかる。

彼は話をするのも聞くのもうまく、あっという間に美容院の前に到着した。

今日はもう結婚の話はしないで済むだろうと内心ほっとした。彼は当たり前のように助手席のドアを開けてくれて、手を差し出してくれる。私の方はエスコートされるのに慣れていないのでぎこちない。

「わざわざ送っていただいて、ありがとうございました」

「いいえ、ちょっとしたドライブができて楽しかったよ」

自宅まではすぐそこだ。それでも彼は自宅前まで送ってくれる。

「あれ、まだ灯りがついてる」

すでに二十二時を過ぎている。ジェイドリーフはとっくに閉店している時間だ。

車から降り、柾さんとふたりで店の中を覗いてみた。

するとそこには鏑木さんと琴音さんがチェス盤を挟んでにらみ合っていた。

「こんな遅い時間まで」

柾さんは、ふたりの状況を見てため息をついている。

「いつからやってるんでしょうか？」

私と柾さんがこそこそ話をしていると、琴音さんがこちらに気付いて鍵を開けた。

「おかえりなさい。もう帰って来たの？」

「ただいま。もうって……結構遅い時間だよ」

店内の時計を指さすが、琴音さんはまったく気にも留めていない。

「デートなんだから、泊まってくればよかったのに」

「と、泊まりって。そんなはずないじゃない」

琴音さんの言葉に驚いて、柾さんの様子を窺う。どうか聞かれていませんように。

しかし鏑木さんが追い打ちをかける。

「そうだ、どうして帰って来たんだ。柾」

「俺は今からでも、そうしたいですけど」

「柾さんっ！」

どうしてそこで話にのってしまうのだろうか。

あたふたと慌てる私を見て、三人がくすくすと笑っている。

「もう！」

どうやら私は、みんなにからかわれたようだ。

「ごめん。寿々がかわいいから、からかいたくなっちゃったの」

琴音さんが私の肩をぽんぽんとなだめるように叩いた。

「俺は結構本気なんですけど」

「あらあら、もしかしていい感じになったの、ふたり」

琴音さんが私と柾さんを順番に指さす。

「おお、それはめでたい。寿々ちゃんとのデートを代わってやった私に感謝しなさい」

今更だが、建前上はそういう話になっている。

「はい、ありがとうございます。お祖父様」

鏑木さんだけでなく、柾さんまでも琴音さんの話に乗る。

「こんなときだけ〝お祖父様〟か、都合がいいやつだな」

三人で楽しそうに笑っているけれど、まったくいい感じではないのだ。

「あの――」

否定しようと私が口を開いたけれど、三人は全然見向きもせずに話を進めている。

「ふたりがうまくいけばいいねって、話をしていたのよ」

「そうだ、心配させおって」

鏑木さんが声を上げて、笑っている。

「だからね、ちょっと話を――」

「実はプロポーズをしました」

柾さんの爆弾発言に、琴音さんが悲鳴を上げた。

「きゃ〜！　本当、おめでとう。素敵、結婚式のヘアメイクは絶対私がやるの。決めてるんだから」

「当日はお願いしようか？　寿々さん」

「お願いしようかって……」

同意を求められても困る。結婚するなんてひとことも言ってない。

「待って勘違いしないで、早まらないで」

慌てて止めに入る。

「なんだ、柾。勘違いなのか？」

「あれ、俺、寿々さんにプロポーズしましたよね？」

「それは……そうですけど」

「ふふふっ、もう私の方が喜びで飛び上がっちゃう。まさか柾くんみたいなイケメンが親戚になるなんて」

「そんなふうに言ってもらえると、うれしいです」

なぜそこで、照れちゃうの？

「私だって、寿々ちゃんが孫になるなんて長生きはするもんだな」

鏑木さんは、満面の笑みで頷いている。

あぁ、これどうしたらいいの？

なぜ三人ともまったく話を聞いてくれないの？

この中に私の味方はいないの？

「えーと」

どうすればいいのか頭を抱えているが、みんなは勝手に白無垢《しろむく》かウエディングドレス、どっちがいいかなんて話をしている。

「しかし柾は、いつまで経っても身を固めなかったから、会社の全権を渡すのが心配だったんだ。好きな女性ひとり幸せにできないやつに会社を継がせるべきじゃないとずっと思っていたんだが、これで安心したよ。このまま結婚しないなら後継ぎが望めないし、社長を親戚筋のものと交代させようかと思っていたんだ」

たしか今も、会社の人事については会長である鏑木さんの影響力が大きいと聞いている。

「怖いこと言わないでくれよ」

彼の言う通り、それはとても怖い話だ。

いろいろと話を聞いていると、彼が仕事に情熱を持ってかなりの努力を重ねているのは理解できた。

そこまでしているのに取り上げられるなんて、怖いなんてひとことで片付けられない。

え……でもそれって私との結婚が必要ってこと？

周囲がどんどん盛り上がっているのと同時に、彼が社長でい続けるための条件に結婚が加わってしまった。

私、これ逃げられるのかな？

柾さんのことだから無理強いはしないだろうけれど、納得するまで説得できるか不安だ。

そして一番の問題は……私が彼を嫌いでないということ。

むしろ今日長い時間一緒に過ごして、好意がどんどん大きくなっているような気がする。

ついふらふらと流されてしまいそうだ。

恋なんて、ましてや結婚なんてしたくないのに。

それなのにどうしようもなく柾さんが気になってしまう。

彼と距離を取るべきだと思う。

わかっているのに、彼から話しかけられたらうれしいと思ってしまう。今日だってとても楽しかった。

いけない……わかっているけれど。

『恋はするんじゃない、落ちるんだ』なんて言葉が世の中にはある。

でもそんなこと、私にあってはいけない。

私は盛り上がる三人を見ながら、これからどうするのが正解なのかひとりで頭を抱えていた。

第三章

十一月に入ると一気に冷え込む日が増えた。

ひと月前までは半袖《はんそで》で過ごしていた日もあったのに、今は薄手のコートを着ていてちょうどいい。

サクサクと落ち葉を踏みながら、私は柾さんの背中を追い掛けていた。

少し時間が空いたからと、誘いに来てくれたのだ。

今日は第一日曜日、ジェイドリーフは定休日だ。

琴音さんは一日ごろごろして過ごすみたいで、私は一週間分のたまった家事をする——いってみれば、予定のない一日を過ごすつもりだった。

彼から連絡があったのは十六時。

ちょうど早めの夕食の下準備が終わった頃だった。

【今向かっているから、少し会えないか】

急すぎるからと断ってもよかったが、先日みんなの勢いに押されてあいまいになっている話をするにはちょうどいい。

どこかに誘われて出かけてしまうと、それ以外の話になったり雰囲気にのまれてしまいそうだからだ。

ちゃんと話をしなきゃ。

「琴音さん、私ちょっと出てくるから」

「はいはい」

ダイニングでテレビを見ながらお茶を飲んでいた琴音さんに伝えて、指定された近所の公園に向かったのだ。

「すっかり秋になったね」

「はい」

赤やオレンジ、黄色になった葉っぱを見上げながら、ゆっくりと歩く。

今日の彼は、いつものスーツ姿と違って、ラフなネイビーのパンツに白いシャツ。キャメル色の薄手のコートを羽織っている。

今日はオフだったのだろうか。

髪もいつもみたいにかっちりとしていなくて親しみやすさが増していた。

とはいえ、いつもと雰囲気が違うだけでイケメンはイケメンだ。

一緒に歩いていると、周囲の視線を感じる。

なんなら散歩中の犬すら彼についていこうとして飼い主を困らせていた。

かたや私ときたら、朝から着ていたニットのワンピースにデニムのジャケットだ。もっと気を使うべきだったと、今更ながら後悔する。

「急に悪かったね」

「いいえ、柾さんの方はお仕事は大丈夫なんですか？」

どうやら彼はいつも忙しいみたいで、私のように決まった日に休みが取れるわけではないようだ。

従業員を雇い会社を経営するのがどれほど大変なのか、想像すらうまくできない。

「今日はね、午前中だけ仕事。社長なんて肩書だけで、やっていることは社員時代と変わらない」

「そういえば、社長になったのは三年前って聞きました。それまでは普通に働いていたんですよね？」

「あぁ、といっても学校を卒業してからずっと祖父の会社だったから。俺にはそれ以外の選択肢が許されてなかったからな」

視線を少し先に向けている。

その横顔が少し寂しそうに見えるのは気のせいだろうか。

つらい就職活動をしてきた私からすれば、うらやましいなと思うこともあるけれど、彼にしかわからない悩みや苦労はたくさんあるのだろう。

「小さい頃、何になりたかったですか？」

なんとなく聞いてみた。

世間話でよくある話題だから。

「そうだな、あまり考えたことがなかったかも。周囲の期待に応えるのに必死だったし、将来に自由が許されなかったから」

「そう……ですか」

もっと無邪気な答えがあると思っていた。

それなのに、彼は少し寂しそうな顔をしている。

「そんな君は？」

話題を振られて自分で悪くした空気を変えるべく、私はなるべく明るく答えた。

「ベタなんですけど、お嫁さんですね。昔どこかの教会で結婚式しているのを見て素敵だなって」

美容師を目指そうとした時期もあったが、それは自分の夢というよりも琴音さんを助けたいという気持ちからだった。

小さな頃に憧《あこが》れたのは、父も母もそろった家庭だったから、お嫁さんと答えていた。

私は足元の落ち葉を少し蹴《け》り上げながら歩いた。

しかし柾さんからなんの返事もない。

さすがにいくらなんでも子どもっぽかったかな、と思い恥ずかしくなって顔を上げた。

「すみません、忘れてください」

頬に熱が集まる。きっと言葉に困っている彼の顔があると思ったのに、彼は意外な表情をしていた。

「え……」

ど、どうしてそんな満面の笑みを浮かべているの？

私が不思議に思って首を傾げると、彼はその疑問をすぐに解消してくれた。

「よかったな。その夢、もうすぐ叶うな」

「夢が叶う？　あっ……いや、違います。そういう意味じゃなくて」

「違わないだろう、君は俺と結婚するんだから、子どもの頃の夢が叶う。ロマンチックだな」

「な、なんでそうなるの？」

果たしてこれが本当にロマンチックなのだろうか。

私の中ではプリンセスになりたいとか、魔法使いになりたいとかそのレベルの話と思ってしていたのに。

「だから小さい頃の話で、今の話じゃないんです」

必死になって言ったところで、全然聞く耳をもってもらえない。

「子どもの頃の夢を叶えられる人って、ほんの一握りだろう。よかった、その手伝いができて」

いや、手伝ってくれなくて大丈夫だ。私は慌てて否定する。

「不用意に思いついたまま話をした私が悪かったですけど、今の私は結婚を望んでいません」

「俺は望んでいる。そうだ、俺の願いを叶える手伝いしてくれない？」

「できません」

さも名案のように言われても、ばっさりと切り捨てる。

本来なら多少なりともオブラートに包んだ物言いをする。大人だから。

でも彼に対しては、そのような態度だと話が全然進まないのだ。ストレートすぎるくらいでちょうどいい。

「手ごわいな」

まったく気にも留めない様子で——むしろ楽しそうにしている。

彼が足を止めたので、私も止まる。

「やっと君を見つけたんだ。諦めたくない」

「見つけた？」

どういう意味だろう。

「そう、欲しいものが目の前にあるのに、諦めるなんてしたくない。だからチャンスが欲しい」

欲しいって、どうして私なんだろう。

彼くらいのレベルの人なら、何もしなくてもたくさんの人が寄ってくるはず。にもかかわらずなぜ私にこだわるのだろうか？

「俺のこと嫌い？」

真剣な顔で問われた。

ここでの答えを間違ってはいけない。わかっているけれど、彼の真剣な瞳に射抜かれて、到底うそなどつけそうになかった。

「嫌いではないです。こうやって呼び出しに応じているので」

本当に無理なら、何としても断ったし、あまりにしつこいなら鏑木さんに言って、柾さんを近付かせないようにもできた。

でもそれをしないのは……私が彼自身を好ましいと思っているからだ。

長時間一緒にいて楽しいと思う相手と出会えることは、そうそう多くない。

「恋愛や結婚が絡んでなければ仲良くできたと思いますし、仲良くしたいです」

「でもそれは、君の都合だよね」

その通りだから、私は頷いた。

「お互いの主張が違うなら擦り合わせが必要だ。君が俺を嫌いじゃないなら、俺たちが結婚する可能性はぐんと上がる」

まだ全然諦めていない。なかなか手ごわい。

「可能性ゼロは、どうやってもゼロですよ」

「そもそもその可能性の算出の仕方が、間違っているんじゃないのか」

うー何を言っても言い負かされる。

軽口で返しているようだが、目は真剣だ。

冗談で言っていないことはわかった。

それがわかるようになってしまった。

私の生活の中で、彼の存在が大きくなっている。

これまでのお客さんのお孫さんという存在ではなくなってしまった。鏑木柾という
ひとりの男性として認識している。

彼の真剣さにはせめて、きちんと応えなくてはいけない。

「友人ではダメなんですか？」

私は自分の希望を伝えた。

「君との関係を友人で我慢できる自信がない」

肩をすくめながら言われた。

こんなふうに言われて、うれしくないわけない。

それでも彼がいい人であればあるほど、受け入れるわけにはいかない。

「どうやったら、諦めてもらえますか？」

こうなったら、彼にはっきりと聞くしかない。

「どうやっても、断りたい？」

私は強く頷いた。

これまで、私が恋愛しない理由を彼に伝えてきた。それでも納得してもらえないなら、向こうに条件を示してもらうしかない。

完全に拒絶してしまえばいいのかもしれない。でも私自身、彼とは良好な関係を保ちたい。これは完全にこちらのわがままだ。それを通すならこちらもそれなりの譲歩をしなくてはいけない。

「君の固い意志はわかった。では半年、俺と真剣に結婚を前提につき合おう。俺は半年で君を本気で落とす。君は半年で俺が諦められるように説得を続ける、これでどう？」

「どうって……それって結局半年はつき合うってことですよね」

「俺納得しないと絶対に諦められないから、でも半年もらえればどんな結果になっても受け入れる。寿々さんを本当に困らせたいわけじゃないから」

彼の最後の言葉はうそじゃないだろう。どうにかしてお互いが納得できる着地点を探そうと言ってくれている。

「だからまずは半年、君を全力で愛する」

どうしてだろう……なぜ彼はこんなに私を。そしてなぜ彼の言葉は私にこんなに響くのだろう。

彼から目が離せない。胸の奥がジンジンと熱くて苦しい。

彼に半年愛された結果、自分がどうなるのかわからない。

答えを出さなくちゃいけないのに、迷って出せない。

彼も何も言わずに私の答えを待っていたが、にっこりと笑った後、自分のマフラーを私の首に巻いた。

「鼻が赤くなってる」

「あっ」

たしかに日がずいぶん陰って、気温がぐっと下がった。

「返事をするのにはもう少し時間がかかりそうだね。今日は話ができただけで十分だから」

彼は私を安心させるように笑うと、手を引いて歩き出した。

彼の申し出を受けるか受けないか決めていないのに、手をつないでいていいのかと思う。

でもその温かさが冷えた体に心地いい。

自分はつくづく意志の弱い人間だと思いながら、彼に手を引かれて家路についた。

「あれ、お店に誰かいるのかな？」

今日、琴音さんは完全オフの日だ。私が出かけるときには、ダイニングでテレビを見ながらお茶を飲みつつまったりしていたのに。店でいったい何をしているのだろうか。

そこに琴音さん以外の人物の影が見えてドアノブにかけた手を止めた。

「西村？」

柾さんも見えたみたいだ。

見つめ合うふたり。なんだか深刻な状況に見える。柾さんが、私の手を取ってドアノブからはがし、首を左右に振った。邪魔しないようにしようということだろう。

そのとき裏の自宅に向かう路地側の窓が開いているのに気が付いた。

琴音さんがよく換気のために開けているから、今日も同じようにしたのだろう。そこから中の声が漏れてくる。

聞かない方がいいとわかっているけれど、私と柾さんはそこで足を止めてしまった。

「――そろそろ、僕の気持ちを受けとめてほしい。待つにも限度がある」

西村さんは、琴音さんの腕を引くと抱きしめた。

「……っ」

危うく声を出しそうになって、慌てて口を押さえた。

柾さんの方を見ると、彼も驚いた顔をしてふたりを見ている。

琴音さん、西村さんとそんな仲だったなんて。一緒に暮らして毎日顔を合わせていたのにまったく気が付かなかった。

たしかに西村さんも、鏑木さんの送り迎えでよく出入りしていたけれど……。

琴音さんも西村さんの背中に手を回しているのを見て、ふたりが思い合っているのはすぐにわかった。

「いつまでも待つって言ったのに、我慢のできない人ね」

琴音さんが困った子を見るような顔で西村さんを見ている。しかしその顔は私が今まで見たことのない表情だ。

柔らかくて、輝いて見える。

「そうね、寿々も柾さんとおつき合いをはじめたみたいだし、私もそろそろ自分の幸せを考えようかしら」

柔らかくほほ笑みながら言った琴音さんの言葉が、私の胸に刺さる。

以前からわかっていた。琴音さんは叔母として私のことを一番に考えて恋愛を後回しにしてきたことを。

本人は否定していたけれど、以前の恋人とは私が原因で別れたこともあった。

理解していたつもりだった。でも、やっぱりな……という気持ちになり落ち込む。

琴音さんには私を引き取らなかった人生もあったのだ。もう就職をして大人になったのにまだ負担になっていたなんて。

「寿々さん」

柾さんは私の心の中を覗き込むかのように、思いやるような優しい声色で私の名前を呼んだ。そして私の手を引いて自宅の玄関の方へ回った。

玄関前に到着しても、彼は黙ったまま私に付き添ってくれる。

「柾さん、さっきの申し出なんですけど、今お返事してもいいですか？」

「もちろん、だが――」

何か言おうとした彼の言葉を遮った。

「私、柾さんと向き合います」

「それって結婚前提でのつき合いを受け入れてくれるってことだけど、いいのか？」

結婚前提と言われると重いが、そうでなければ彼の出した条件と異なってしまう。

「はい」

ＯＫしたのに、柾さんはそんなにうれしそうではない。私は不思議に思って顔を傾ける。

するとすぐにその疑問に答えてくれた。

「君は本当にそれでいいのか？　誰かのための人生の選択じゃなくて、自分のための選択をしなくて後悔しないのか？」

彼は先ほどの琴音さんの言葉を聞いて、私が負い目を感じているのをあの言葉で理解してくれた。

言葉を尽くさなくてもここまで私をわかってくれる人は、きっといないだろう。

「選択をするのは私なので、その理由は柾さんは気にしないでください」

彼は納得していないようでしばらく黙ったまま私を見つめていたが、ひとつため息をついた後に頷いた。

「……わかった。俺にとっては好都合だから、決心してくれてうれしいよ」

「……はい。半年だけですけどよろしくお願いします」

頭を下げた私に、彼は不敵な笑みを浮かべた。

「半年って俺を甘くみているようだけど、覚悟をしておくんだな」

そう、半年で私たちはお互いが納得できる答えを導きだすのだ。

その間は真剣に結婚を前提とした恋人として彼に向き合う。

ただ最後に彼に念を押しておかなければいけない。

「あの、本当に注意してくださいね。再三ご忠告したのでご存じだと思うんですが、私の近くにいると――」

「俺は幸せになれる自信がある。だから君といたい」

はっきりと言い切られて驚いたけれど、なんだかおかしくなった。

「どうしてそんなに自信満々なんですか？」

ハプニングなんだから、いつ何が起こるかわからないのに。

「俺が強運なの忘れてないか？　それに好きな子と一緒にいられるのに幸せじゃないはずないだろ。もちろん、君にも同じ気持ちになってもらえるように努力する」

そういうことを真面目《まじめ》に言わないでほしい。言われ慣れていない私には刺激が強すぎて、ドキドキする心臓をどうしていいかわからずに、じっと彼を見つめるしかできない。

「そんなに見つめられると、すぐに手を出してしまいそうだよ」

彼の手が伸びてきて、私の頬に触れた。ほんの少し指先だけ触れただけなのに、心臓が過剰に反応して胸が痛い。

「寿々？」

「こ、琴音さん！」

さっきまで店にいたはずなのに、今は柾さんのすぐ後ろにいる。

「ふたりともどうしたの、中に入らないの？　ご飯食べていけばいいのに、あ、作るのは寿々なんだけどね」

「いえ、魅力的なお誘いですが、今日は彼女を送ってきただけなので」

さっきの西村さんといたときの琴音さんを思い出して、なんとなく気まずい。

「そう、今度ゆっくり来てね。あぁ、でもせっかくなら寿々とふたりっきりがいいかな？」

琴音さんは肘で私をつついている。

なんでこんな冷やかすみたいなことを……。

「寿々さんとふたりもいいけど、琴音さんにも俺のことを知ってほしいのでまたお邪魔します。では、今日はここで」

頭を下げた彼は私を見た。

「寿々、帰ったら連絡する」

「！」

い、今さらっと呼び捨てにされた。

驚いている間に、彼は手を振りながら歩いていった。

それをぼーっと見送っていると、琴音さんが私の耳元で「寿々だって、いいね～」

とくすす笑う。

私はそんな琴音さんをにらんだ。

「からかうなら、夕飯抜きだからね」

私がそう言って家の中に入ると、「寿々ちゃ～ん」ってネコナデ声で追い掛けてきた。

安らかな日常。それを与えてくれたのは琴音さんだ。彼女の幸せが私にとっての幸せだ。

私が柾さんと真剣に向き合っている間に、きっと琴音さんと西村さんは仲を深めるだろう。

半年後、私が柾さんとの交際がうまくいかなかったと伝えたとしても、琴音さんたちの関係が後戻りすることはないはずだ。

琴音さんの様子を見ていれば気持ちは西村さんにあるとわかる。きっとふたりで幸せになるだろう。

琴音さんと西村さんのことを知って、どうしようか迷っていた道が決まった。

これから半年間、結婚したい彼と結婚したくない私の戦いがはじまる。

自分の身のこの不幸体質のせいで、恋をずっと避けてきた。

だから柾さんと（条件はあれど）つき合うと決めたけれど「おつき合いってどうするんだった？」という戸惑いの連続だった。

メッセージひとつをとっても、どういう返事をしたらいいのか絵文字は使うのか使わないのか、そういうのを考えていて返事をするのにすごく時間がかかる。

電話がかかってきたときは、緊張で声がかすれたり裏返ったり。

つき合うまでは普通に対応できていたのに、恋人という立場になったらいろいろと考えてしまう。

結婚前提って言われたことで挙動不審《きょどうふしん》になってしまっている。

前途多難《ぜんとたなん》。

でも、メッセージのやり取りも彼との電話も楽しい。日々がこれまでと違う色をみせはじめている。

どんなに恋をしないように気を付けていても、ときめきは簡単に止められない。

柾さんと半年間は、真剣に恋人として向き合うと決めた。

好きにならずにはいられない。それはもうわかっている。

でも好きだけではどうにもならない。好きになれば好きになるほど彼のそばにはいられなくなる。

半年後別れを選ぶけれど、彼はそのつもりはないようだ。ただこの半年で、彼の周りに起こることで、きっと諦めてくれるはずだ。

私は仕事から帰宅後食事とお風呂《ふろ》を終えて、部屋で最近の日課であるマッサージを行っていた。

半ば勢いでつき合うと決めたけれど、あの誰もが振り返る美丈夫《びじょうふ》の隣に立つのだ。少しくらいは、いやかなり努力しなくてはいけない。それで付け焼き刃だけれどマッサージをはじめたのだ。

面倒なのかと思っていたけれど、やりはじめてみると楽しい。最近はＳＮＳでやり方がアップされていてそれを参考にしている。

今までどれだけ手を抜いていたのだろうかと反省しながら、あれこれ試すのが楽しい。

鏡を見ながら顔の表情筋を動かしていると、柾さんからメッセージがあった。

週末のデートの行き先についてだろう。

【週末は、大人の遠足に行こう】

「大人の遠足？」

画面に向かって声が出た。

【グランピングはどうかな？】

「グランピング、聞いたことある！」

たしか高級なキャンプみたいなものだって、記憶にある。アウトドア、久しぶりだけれどわくわくする。

私はすぐに【楽しみにしています】と返事をした。


都会を離れて木々の間を歩く。近くには川が流れており、釣りも楽しめるようだ。

遠くでは男の子と女の子が、もふもふの白くて大きな犬を追い掛けて走っている。

「この間公園で見たときよりも、葉っぱが色づいているな。寒くないか？」

「はい。今日はちゃんとマフラーしてきたので」

私は自分のマフラーを、指さしてみせた。

「残念、今日も俺のを使ってほしかったのに」

そんな冗談みたいな会話をしながら、駐車場から今日使うドームテントに向かって歩く。

十一月も半ばを過ぎ、紅葉《こうよう》が見ごろだ。木漏れ日の中、上を見ながら歩いていると、トンボが前を横切った。

どこからか聞こえる鳥の鳴き声がいい感じのBGMとなり、ひとつの映像作品のようだ。

柾さんも隣で、景色を楽しんでいる。会話がなくても彼の隣は居心地がいい。会話のタイミングや、距離の取り方が心地よいのだ。これは相性もあるのだろうと思う。

困ったことに一緒にいる時間が長くなればなるほど、相性の良さを感じる。それはきっと柾さんもそうだろう。

視線が絡んだ瞬間恥ずかしくて目をそらした。しかし彼はそれを許してくれずに私の手を握って歩き出した。

「ここから少し坂道だから手伝ってあげる」

「……ありがとうございます」

指が絡みぎゅっと握られた手。半歩前を歩く彼についていく。視界につながれた手が入ると、ドキドキが加速した。

恥ずかしいけれどうれしい。こんな感情になるのは久しぶりだ。

彼に手を引いてもらっているからか、それともウキウキしているからか足取りは軽い。

頬を緩ませながら坂を上っていると、先ほど見かけた白い犬がリードを付けたまま
こちらに向かって走ってきた。

「待ってー、行かないでー！　コロちゃん！」

男の子が必死になって犬を追い掛けてきている。

気が付いたときには、目の前に犬の姿があって——。

「え、きゃあ！」

「寿々っ！」

私は飛びついてきた白い犬と共にその場に尻もちをついた。

そのまま全力で顔を舐められる。

「大丈夫か？」

慌てた柾さんがリードを手に取ると、おとなしくその場にお座りをした。

「大丈夫です。びっくりしたぁ」

起き上がろうとした私は地面に手をついた。しかしそこには泥濘《ぬかるみ》があって、手が見事に汚れてしまった。

「うそ……」

思わず汚れた手を眺めていたら、その手のひらにポトンと鳥のフンが……。

「あっ」

私が顔を上げて、柾さんを見ると彼は目を見開いて驚いていた。

「さすが……だね」

「ははは」

私は乾いた笑いを浮かべながら、彼が差し出してくれた手を、汚れていない手でつかむ。

「すみませんっ！　ごめんなさい」

向こうから慌てた様子で、男性が走ってくるのが見えた。

どうやら男の子のお父さんのようだ。後ろではさっきいた女の子も心配そうにこちらを見ていた。

頭を下げながら柾さんからリードを受け取る。

「大丈夫ですよ。かわいいですね、わんちゃん」

私は汚れた手を隠しながら、笑ってみせた。

それまで泣きそうだった男の子が、ほっとしたように体のこわばりをといた。

よかった。状況を見たらわざとじゃないのはわかる。お父さんに怒られなければばいいけれど。

「ごめんなさい」

「ちゃんと謝れて偉いね」

私が本当に怒っていないと確信して、男の子はやっと笑った。

リードを持ったお父さんはもう一度頭を下げ、男の子は女の子と手をつなぎ、私と柾さんに大きく手を振って戻っていった。

「さっそくの洗礼です」

苦笑いを浮かべながら、汚れた手を隠す。

「すぐそこに水道があるから、行こう」

「はい」

彼に手を引かれながら、ドームテントの横にある水道に向かった。

「ほら手を出して」

「えっ」

到着後、蛇口をひねった彼が私の手を取った。

「自分でできますから」

手を引っ込めようとしたけれど、それよりも前に彼が私の汚れた手を洗う。

「どうして？　柾さんまで汚れちゃう」

「俺がそうしたいから、してるだけ。不幸は俺が全部もらうって言ったの、忘れたのか？」

たしか、クリーニング店の軒先で伝えられた。まさか本気でそんなことを思っていたなんて。嫌がることなくすぐに行動してくれる彼に胸が熱くなる。

「それに君の手を堂々と触《さわ》れる」

彼は肩をすくめながら、笑ってみせる。

「さっきだって、ずっとつないでいたのに」

「それは、それ。これは、これだからね」

私の抗議にもどこ吹く風だ。こんなやり取りが楽しい。

「ほら、綺麗になった」

「ありがとうございます」

さっきまで汚れていた手も、彼が綺麗にしてくれた。バッグからハンカチを出して手を拭く。

そこで彼に尋ねてみる。

「驚きました？」

「あぁ、まぁ。見事だなって思った」

私は苦笑いで返すしかない。

「でも、今は綺麗になっている。なんの問題もない。ほら、着いた」

予約してくれていたドームテントの中に入って驚いた。まるでホテルの部屋のような造りだ。

寝転べるくらい大きなソファに、ダイニングテーブル。加湿器なども置いてある。特徴的なのは天井部分が透明になっていることで、日光が降り注いでいる。夜過ごすなら星が見られたかもしれない。

「すごーい」

天井からは星形のペンダントライトがぶらさがっていてかわいらしく、さっきのアクシデントで少し気持ちが沈んでいたのに、テンションが上がる。

「気に入ってくれたみたいでよかった。さぁ、さっそくだけど食事にしよう」

時刻は正午間近だ。

彼に言われるまま、テントの隣にあるデッキに出る。そこにはＢＢＱ用のコンロが設置してあった。

彼がテントの中の冷蔵庫から材料を取ってきてくれる。どうやら前もって準備されていたみたいだ。

「こんなに、いたれりつくせりなんて」

「焼くのは俺に任せてくれればいいから」

「じゃあお言葉に甘えて」

これまであまりキャンプをする機会がなかったので、やってくれるのは助かる。

柾さんは手際よく火をつけて、鉄板にお肉や海鮮、野菜を並べた。

いい音と匂いのせいか、急にお腹がすいてきた。

そわそわしながら待っている私を見た彼が、笑っている。

「ごめんなさい。おいしそうだし、楽しくて」

落ち着きがない様子を見られて、恥ずかしくなる。

「いいよ。君を喜ばせるためにしてることだから、もっとはしゃいで」

「そんな言われると無理です」

思わず口をとがらせてしまう。

「俺も楽しいよ、寿々といて」

お肉を裏返す手を止めて、彼が自然に私の名前を呼んだ。

「あの……寿々って」

この間から気になっていたので、あらためて聞いてみた。

「嫌かな、だったらやめるけど」

「嫌じゃないんですけど、なんだか慣れなくて」

呼ばれるたびに、いちいち反応してしまう。

「すぐ慣れるさ。これから一生俺に呼ばれるんだから」

「一生……」

私たちの関係は半年のはずなのに。彼は当たり前のように一生なんて言う。

「寿々っていい名前だな」

急に彼に言われて、苦笑いを浮かべた。

「でも、名前負けだと思っているんです。幸田寿々なんて。おめでたすぎませんか？」

「そうかな、君の明るい雰囲気に合ってるとは思うけど。俺、最初〝鈴〟って漢字だと思っていたんだよね。声がね、鈴みたいだなって思って」

「鈴ですか……間違えられることはよくあるんですけど、そんなふうに言われたのは初めてです」

「よかった、俺が初めてで」

そんなことで喜ぶの？　彼の意外な言葉に驚く。

「どうしてそんなことで？」

「初めてって、うれしくない？　俺の初めても俺たちの初めても寿々にたくさんあげたいな。ほら、焼けた」

彼はお皿にお肉やお野菜を載せると、私に渡した。

「冷めないうちに食べて」

「はい。いただきます」

彼の言葉にどう返していいのかわからず、食べるのに集中すると決めた。

私は近くにある椅子に座って、勧められるままに口にした。

「ん、おいしい！」

「そっか、よかった。俺も食べようかな」

彼は自分のお皿にも載せてパクッと食べた。

「ん、いけるな」

私が頷くと彼は、鉄板の上に載っていたお肉を私のお皿に追加で載せた。

「そうだ、飲み物」

近くに置いてあるクーラーボックスの中から、飲み物を出す。

「柾さん、何を飲みますか」

「ビールって言いたいところだけど、帰れなくなるから。炭酸水で」

「了解です」

せめて飲み物くらい準備しようと、近くに用意されていたグラスに炭酸水をふたり分注いだ。

「乾杯」

グラスを合わせて飲むと、のどを心地いい炭酸が抜けた。のどが渇いていたのでおいしい。

「外で食べるとおいしいですね」

「あぁ。普段はこんなに澄んだ空気を吸う機会なんてないもんな。いい気分転換になる」

ふたりで景色を見渡す。家族連れやカップルでにぎわっていて、みんな生き生きとした顔をしている。

「開放的になりますね」

「それは俺の思惑通りだな。寿々がこれまでよりずっと心を開いてくれるといいな」

「それは……おいおいです」

これでも最初の頃に比べればずいぶん柾さんと自然に接するようになった。

ただ最初と違うのは、すぐに意識してドキドキしてしまうのと、もっと一緒にいたいと思うことだ。

一緒にいればいるほど彼の魅力にとりつかれそうになる。

ダメだってわかっているのに。彼に重大な事故がある前に、諦めてもらわなくてはいけないのに。

別れがつらくなりそうな予感がすでにしている。

「どうかしたのか?」

考え込んでいたら、すぐに彼が気付いた。ほんの少しの時間だったのにどうしてわかってしまったのだろうか。そういう優しさをみせられると、決心がすぐにぐらぐらする。

「なんでもないです。あ、それ焼けてるんじゃないですか?」

「あ、本当だ」

「代わってください。柾さんもしっかり食べてくださいね」

「あぁ、じゃあ甘えようかな」

彼からトングを受け取ると、私は腕まくりをしてお肉を焼きはじめた。

焼きあがったものを、次々お皿に載せて柾さんに提供する。

するとそのお肉を彼がサンチュに包んで私の口元に持ってきた。

「あーん」

口を大きく開けろと言われる。

でもさすがに恥ずかしい。

「あの、自分で食べられるので」

そう言って手を出そうとしたけれど、彼は顔を左右に振って差し出してきた。

私は結局彼に押されて、意を決し口を大きく開いた。

口の中がいっぱいになって咀嚼《そしゃく》するのが大変だ。口元を押さえて必死に食べる。

「おいしい？」

彼に聞かれたけれど、まだ飲み込めなくて答えられない。

必死になって頷いて、人差し指と親指で丸を作って、おいしいと伝えると、彼はおかしそうに声を出して笑う。

「やっぱり今日はここにしてよかった。かわいい寿々がたくさん見られる」

「ぐっ、ごほごほ」

急に褒めるのやめてほしい。これまで何度も同じようなことがあったけれど、まったく慣れそうにない。

かといって止めてっていうのも、なんか違う。うれしくないわけじゃないんだもの……。

私が慣れるしかないんだけど、そんな日がくるのだろうか。

今もこちらを見て、眩《まぶ》しい笑みを浮かべている人が、私の彼だなんて。

「さぁ、食べたらサイクリングだ」

「はい」

彼といるとわくわくしてドキドキする。そして今このときを心から私は楽しんでいた。

自転車に乗り、出発しようとしたところに先ほどの子どもたちが駆け寄ってきた。

「これ、あげる」

「あげる」

お兄ちゃんと妹だろうか、ふたりが差し出したのはどんぐりのブレスレットだ。

「向こうで作ったの」

どうやら子ども向けのワークショップが行われているようだった。

「もらってもいいの？」

「うん。コロちゃんを助けてくれたから」

助けた……っていうよりも飛び込んできたんだけど。

それを言うほど野暮《やぼ》じゃない。

「ありがとう、大切にするね」

隣を見ると、柾さんにはお兄ちゃんの方が渡していた。

「かっこいいか？」

柾さんはもらったものを腕にはめてみせている。

「ありがとうな」

彼はしゃがんで、男の子の頭を撫《な》でながらお礼を言っていた。

子どもたちは手を振ると走っていった。

「かわいいな」

「はい。見てください。ここ、顔になってる」

どんぐりには、にっこり笑顔が描かれている。

「これも、寿々のおかげだな」

「え？」

私が首を傾げると、柾さんはくすっと笑った。

「君はすぐに運が悪いって思うみたいだけど、あのトラブルがなかったら、こんなにかわいいものをもらえなかっただろう。あの子たちとのつながりがないまま帰宅してた」

「たしかにそうですけど」

「寿々といれば退屈しない毎日になりそうで、俺はわくわくするね。ほら、競争だ」

「え？　あ、ちょっと待ってください」

私は先に漕《こ》ぎ出した柾さんの背中を追い掛けながら、ちょっとだけ泣きそうになった。

いつだって誰かに迷惑をかけてきた私。

ずっとそれがコンプレックスだった。

それをこうやって真正面から前向きにとらえてくれたことがうれしくて。

追い掛ける彼の背中はいつもよりも大きくて、輝いて見えた。


「寿々、もうすぐ着くよ」

少し低めの男の人の声が聞こえて、パチッと目が覚めた。

「ご、ごめんなさい。私、寝てたんですね」

慌てて体を起こして、柾さんの方へ向く。

「謝らなくていい。疲れているんだろ」

「すみません、運転してもらっているのに」

「構わないさ、こっそり寝顔を見てたのを許してくれるなら」

「う……許します」

ここで許さない選択肢なんてないだろう。運転をさせて眠りこけていたのは私なのだから。

それに見られてしまったものは仕方がない。

「足の方はもう平気？」

「はい。ご心配をおかけしました」

実はサイクリングの最後の最後で自転車がパンクしてしまい、足を少し痛めたのだ。

「しっかり最後まで寿々らしかったね」

「まぁ、これが私の日常なんで」

私が頭をかくと、彼がジェイドリーフの駐車場に車を止めた。

「俺にとっては、刺激的な一日だった。ありがとう」

「いえ、こちらこそ、何から何まで。すごく楽しかったです」

お世辞でもなんでもなく、ここ数年で一番笑ったかもしれない。開放的な青空の下で日常から離れてのんびりできた。

充実した一日だった。それは柾さんのおかげだ。

何度もハプニングが続いても、彼は面倒がらずに私の手を引いてくれた。

もちろん申し訳ない気持ちがないわけではないが、彼といれば罪悪感を持つ暇もないほど楽しい気持ちが溢れてくるのだ。

本当に不思議な人。

今日は彼自身には何もなかった。しかし今後もそうじゃないとは限らない。それがやはり心配だ。

浮かれすぎずに、私が気を付けなくてはいけない。

「さて、うちのわがままな会長を回収して帰るか」

ジェイドリーフでは今、鏑木さんと琴音さんがチェスの対戦をしているようだ。

「ただいま」

中に入るとふたりが「おかえり」と声をそろえて迎えてくれた。

「琴音さん、お土産にお野菜たくさん買ってきたの」

「ありがとう、おいしそうね」

途中で近くの農家さんが経営している直売所に立ち寄ったのだ。

「俺、家まで運びます。結構重いので」

「じゃあお願いしようかしら。こっちよ」

琴音さんについて柾さんが荷物を運んでくれる。

「鏑木さんには、これ。お酒が好きだって聞いたので」

これはキャンプ場の近くにある酒蔵に立ち寄って買ってきた。

「この間のコンサートのチケットのお礼です」

「気にしなくていいと言いたいが、このお土産はうれしいな」

「よかった」

鏑木さんは、私が手渡したお酒を見て「おっ」と言っている。

「柾さんに一緒に選んでもらったんです」

「どうだ、うちの柾は」

うれしそうに酒瓶を眺めた後、ちらっとこちらを見た。

「……はい。一緒にいて楽しいです」

彼のお祖父様に伝えるのは恥ずかしいけれど、本音だ。

「それはよかった。柾にはずっと我慢ばかりさせてきたから。早く大人になれと育てたせいで、上《うわ》っ面《つら》ばかりの人間になってしまった」

どこか後悔のにじむ表情を浮かべている。何があったのか気になるけれど、今は自分の気持ちを伝える。

「そんなことありません。私は彼ほど思いやりがあって、前向きな気持ちにさせてくれる人を知りません」

私の言葉に鏑木さんは、ほっとしたように口元を緩めた。

「そうか、それなら君があいつを変えたのかもしれないな」

「そんなことはないと思うんですが」

「あの子は小さな頃からずっと我慢の連続だった。本来なら私が手を差し伸べてあげるべきだったのに、できなかったんだ。だから今、欲しいものができた柾を応援したいと思う」

鏑木さんと柾さんの間に何があったのか私にはわからない。今は仲が良く見えるが、そこに至るまでいろいろなことがあったのだろう。

家族っていうのは難しい。だからこそ甘えていないで努力しないといけない。

「寿々ちゃん、柾のことよろしく頼んだよ」

「私なんかが何かできるとは思えないんですけど。でも、精いっぱい彼と向き合います」

半年後、結果はどうなったとしても、ちゃんとつき合うという気持ちはうそじゃない。

どんな結果になっても、彼がきっと私が向き合う最後の人になるだろうから。

「何を話してるんだ？」

「いや、うちの孫をよろしく頼むと営業していたんだ」

「それは、ありがたいな。会長」

楽しそうに笑っている。

「さぁ、時間も遅いし帰ろうか」

柾さんの言葉に鏑木さんは不満そうだ。

「まだ勝負がついとらん」

「いいから、わがまま言わない」

未練を残した鏑木さんを柾さんが引っ張っている。

そういえば彼は私の手もよく引いてくれる。

「運転気を付けてくださいね」

「あぁ、帰ったら連絡する」

柾さんは軽く手を上げると車に乗り込んだ。

私はその車が走り去って見えなくなるまで手を振った。

＊　＊　＊

バックミラーを見ると、寿々が大きく手を振っている姿が目に入った。この角を曲がると見えなくなるのが惜しい。次に会えるのはいつだろうか。

大通りに出ると、比較的すいていてスムーズに車が走る。

「寿々ちゃん、いい子だろう」

「あぁ。そうだな」

祖父は彼女が相当気に入っているようだ。

「なんだ、そっけないな。せっかくコンサート協力してやったのに」

「それは感謝してる」

あの日がなければ、きっと今日のような日は過ごせていない。

「柾……いや、なんでもない」

「なんだ、気持ち悪いな」

言いかけてやめるなんて珍しい。

なんでも遠慮なく口にする人なのに。

「……やっと欲しいものが手に入れられそうか？」

ためらいがちに口にした、祖父の言っている意味がわからずに怪訝《けげん》な顔になる。

「どういう意味だ。比較的なんでも手にしていると思うけど」

自分でも嫌になるほど恵まれているのは知っている。

「でもそれは、心から欲しいと思ったものじゃないだろう。私たちが枉にあげられなかったものだ」

何を意図しているのかがわかった。

はたから見たら恵まれた環境に違いなかったが、家族の温かさとは縁遠かった。俺が心のどこかでそれを求めているのに、祖父は気が付いていたのだろう。

「ちゃんともらってるよ。俺が最近まで気が付かなかっただけ」

だからこそこうやって、お互い話をする時間を作っている。

「それならいい」

それ以降は目をつむって静かになった。

祖父にはわかるんだろうな。

なぜ俺が彼女を選んだのかが。

＊＊＊

俺が彼女と出会ったのは、祖父がそれまでとは違う美容院に頻繁《ひんぱん》に向かうので不思議に思ったことがきっかけだ。

しかも一度行くとなかなか帰ってこないという報告があり、気になっていた。

その日はたまたま時間があったので、西村に言ってその美容院に案内させた。

下町という言葉がぴったりの、駅前のアーケード街を抜けてすぐのところにある、個人経営の小さな美容院ジェイドリーフ。

中を覗くと、すでに施術を終えた祖父はひとりの女性と向かい合って座っていた。

おそらくここのオーナーだろう。

ドアを開けて中に入ると、カウンターにいた別の女性が驚いたように声をかけた。

「すみません、今日はもう閉店しているんです」

たしかに入り口には〝クローズ〟の札がかかっている。

「いえ、髪を切りに来たのではないんです」

「柾、なんでお前がここに？」

俺が説明する前に、祖父がこちらに気が付いた。

「あまりに戻ってくるのが遅いので何かあったのかと心配になったんです。だから迎えに来たんですよ」

「なんだ、そんな心配いらん。私を老人扱いするな。すぐ終わるから黙って待っておれ」

怒りながらもチェスの駒を進めている。

「よかったら、おかけになってお待ちください」

最初に声をかけてきた女性が、ソファを勧めてくれた。

「お言葉に甘えて失礼します」

女性はほほ笑むとカウンターの中に入って、パソコンの画面を見ながら何か打ち込んでいる。

祖父と対戦しているのが、ここのオーナーの幸田琴音さんで、カウンターにいるのはその姪の寿々さんだろう。

待っている間にこの店について調べてきた内容を頭の中で確認する。

財務状況は問題なく、トラブルを抱えている様子はない。祖父が出入りしていてもなんら問題はなさそうだ。

オーナーひとりで切り盛りしているせいか、小規模だが祖父のようななじみの客が多いようだ。

姪の寿々さんは平日は会社勤めをしていて、週末美容院の手伝いをしていると報告書にはあった。

特別美人というわけではないけれど、柔らかい笑顔と鈴を転がすような澄んだ声を持つ、感じのいい女性だった。

その笑い声はやっぱり鈴みたいで、漢字は違えど彼女にぴったりな名前だと思った。

そんな『印象がいい知り合い』という枠を越えたのは、出会ってから少し経った頃だ。


それは、週末の人が多い繁華街《はんかがい》。

まもなく終電の時間、駅に向かって歩いている人の足がいつもよりも早い気がする。

会食後に乗った車はゆっくりと進んでいる。

今日の予定は消化したのだから急いでも仕方ないと思いながら窓の外を眺めていた。

するとひとりの女性が目に入る。

寿々さん？

もう一度よく見たが、間違いない。

どうやら……トラブルに巻き込まれているみたいだ。

男性に腕をつかまれて逃げられないでいる。

『西村、止めて』

『はい』

車が止まり切るのも待てないくらい急いで外に出た。すぐに走って彼女のもとに駆け寄る。

『何をやっているんだ！』

焦っていたのか思っていたよりも強く彼女の手を引いてしまった。

振り向いた彼女は、目を丸くして俺を見ている。

『なんだ……お前は？　今この子と話をしているんだよ』

男の息は顔を背けたくなるほど酒くさい。

醜悪《しゅうあく》なものを彼女から遠ざけようと、相手との間に割って入る。

『柾さん、どうしてここに？』

『たまたま見かけて、様子がおかしかったら来てみたんだけど正解だった』

振り返ると、不安そうな顔をしている彼女が無意識だろうか、俺のスーツの袖口をつかんでいた。

その小さな手が震えている。

『行こう、相手をする必要ないから』

彼女の手を引いて歩き出す。

『なんだ、コラ。横取りするな！』

ふらふらした男が追い掛けてきたが、もちろん無視だ。

『おい……うっ……ぐはっ』

さっきまで威勢《いせい》のよかった相手が、急にその場でうずくまり嘔吐《おうと》した。

勘弁してくれ。

思わず天を仰《あお》ぎそうになった。

飲みすぎたのだろう、自業自得《じごうじとく》だ。彼女に嫌な思いをさせたのだし、病気でもなんでもない。

助けてやる筋合いはない。

そう思っていたけれど、どうやら寿々さんは違ったらしい。

『大変、大丈夫ですか？』

俺が握っていた手を振りほどいて、酔っ払い男に近付く。バッグからティッシュを取り出して男性に差し出し、背中をさすっている。

『寿々さんっ！』

俺が彼女に近付くと同時に、ふたりのサラリーマンがこちらに駆け寄って来た。

『おい、大丈夫か？　しっかりしろ』

どうやら男の知り合いのようだ。

『さっきまでは立っていたんですけど、急に』

寿々さんが後から来た男性たちに状況の説明をしている。

『すみません、ご迷惑をおかけしたみたいで』

『いいえ、とんでもないです。何もしていないので。これ使ってください』

本人が受け取れなかったティッシュを知り合いに託している。

どうして寿々さんがこんな男に親切にするんだ。被害者なのに。

自分のことでもないけれど、思わず腹立たしくなる。

『さっきまでこの子に絡んでいたんだ。一緒に飲んでいたなら、最後まで責任を持てよ』

『本当に申し訳ありませんでした』

酔っ払いの知り合いが頭を下げたので、ここにいる必要はもうない。

『行こう、寿々さん』
『はい。あの……お大事に』
最後まで心配そうに声をかけていた。
車に戻り彼女を乗せて、車を出すように指示する。
彼女を無事に保護できてよかった。
見知らぬ酔っ払いに絡まれて彼女はどれだけ怖かっただろうか。
『大丈夫か？　けがはないか？』
心配になって様子を窺う。見た感じは大丈夫そうだ。
『はい。助けていただいてありがとうございました』
膝《ひざ》につきそうなほど深々と頭を下げた彼女は、疲れた顔をしている。
『俺が通りかかったからよかったけど、気を付けなければいけないよ』
『すみません、私のトラブルに巻き込んで』
『え、いやそうじゃなくて』
『いえ』
珍しく彼女が言葉を遮った。

『私、かなりの不幸体質でトラブルを引き寄せるんです』

『考えすぎじゃないのか？』

寿々さんは神妙《しんみょう》な顔でゆっくりと首を左右に振った。

『自分だけならいいんですけど、人を巻き込むんで困るんです。気を付けてはいるんですけど』

『俺は別に巻き込まれたなんて思ってないけど』

彼女は俺の顔を見て、あいまいにほほ笑んだ。

『悪いのは向こうだろう？　それなのに君は最後に心配していた』

『でも放っておけないでしょう。もし放置して大変なことになったら夢見が悪いし。それに普段は人をトラブルに巻き込んじゃうから、できるだけ人助けしたいんです』

困ったように笑う彼女に少し呆《あき》れた。

こんな自己犠牲を払う人物に初めて会った。そしてふと思ったことがすぐに口から出た。

自然に。

『じゃあ、そんな君のことは誰が助けるんだ？』

自分が不幸体質だというなら、寿々さんこそ誰かに守られるべきではないのか。

そんな俺の言葉に彼女は驚いた顔をした。

『そんなふうに考えたことがなかったです。トラブル処理は慣れているので。強いていうなら自分のことは自分で守ります』

笑いながらそう言った彼女を見て、自分の勘違いに気が付く。

雰囲気が柔らかくおとなしそうに見えるが、決してか弱くて守られるだけの女性じゃない。自分の信念を持っている強さを備えた女性だと。

だからこそやっぱり……彼女がつらいときは誰が助けるのだと考えてしまった。

＊　＊　＊

今思えばなんとなく、彼女に昔の自分を重ねてしまったのかもしれない。助けてほしくても誰にも弱音《よわね》を吐けない自分。

置かれた環境はまったく異なっているが、あの孤独感を彼女も心のどこかで持っているかもしれないと。

亡くなった祖母はとても厳しい人だった。

口癖は『将来の鏑木の家を背負って立つのだから、しっかりしなさい』。そう言って、できなければできるまで、やらされた。ときに食事や睡眠が削られることもあった。

いつだって完璧であれと言われた。

苦しくて誰かに助けてほしかった。

しかし手を差し出す先に誰もいなかった。

研究一筋で家庭を顧《かえり》みなかった両親には、期待すらしていなかった。

自分ばかりがなぜという思いを抱きながらも、常に完璧であろうと努力した。そうすることでしか自分の存在価値を認めてもらえないと思っていたからだ。

そんな生活を続けていたら、本音を隠して上っ面だけの今の俺、鏑木柾ができあがった。

淡々とただ義務をまっとうするだけの日々が少し変化したのは、祖母が亡くなったときだ。

祖母の遺品の中に、俺宛ての手紙が残されていた。

その内容を見たときに、祖母の本当の気持ちと、自分の考えの浅はかさを知った。

当時鏑木を取り巻く環境は、表面上ではわからない危機を迎えていたようだ。

そのため祖父は昼夜問わず働き、祖母は俺をどんな困難な状況にでも立ち向かえるように厳しく育てた。

父の育て方を間違ったと思った祖母は、その失敗を踏まえて俺を育てた。

当時はかけらも祖母の思いを知ることはなかった。手紙を読んだ後も、簡単に許せるわけはなかった。

ただ祖母の立場に立って考えることもできるくらいには、大人になっていた。

けれど昔の自分が救われたわけではない。

そして今寿々は、昔の自分と同じで自分ひとりで耐えている状態に思えた。そんな自分と彼女を重ねてしまっている。

だから手を差し伸べたいと思った。

彼女がそれを求めているわけではない。完全に俺の自己満足だ。それはわかっている。

だがあの日から、彼女に対する気持ちがどんどん大きくなっていった。

最初の告白は衝動的《しょうどうてき》であったが、気持ちのうえでは以前から考えていたことだ。

虹を見上げる彼女を見て、自然と口から滑り出た。

きっと俺の中の気持ちが満ちたのだと思う。

だが彼女はそう簡単に俺の気持ちを受け入れてはくれないだろう。自分の意志をしっかり持った強い人だから。

でもだからこそ、やりがいがある。

彼女を助けることで、あの頃の自分を救いたいのかもしれない。

彼女と一緒にいればいるほど、もっと知りたくなる。そして笑ってほしくなる。

こんな気持ちになったのは、初めてのことだ。

正直今の自分の行動が正しいかどうかはわからない。

自分がこんなに不器用だなんて思わなかった。

ただいつも冷静沈着《れいせいちんちゃく》で、求められるままなんでもこなすいつもの自分よりも、彼女に振り向いてほしくてみっともなくあがく今の姿が、自分らしく思える。

こんなに考えていたせいだろうか、さっき別れたばかりなのに顔が見たくなった。

帰ったら電話をして、声を聞くだけで我慢しよう。

俺の方が救われているような気がしてきた。

とても不器用で不思議な人。

だからこそたまらなく魅力的だ。そんなことを思いながら、夜の街に車を走らせた。

第四章

まだ三時。

午後から時計を確認するの、いったい何度目だろう。

今日は全然仕事に集中できていない。

理由はわかっている。

仕事の後、柾さんと会う約束をしているのだ。

しかも今日はこれまでいろいろしてもらったお礼に、私が食事をごちそうするつもりだ。

彼に提案したときは驚いていた。気にしなくていいと言っていたけれど、同時にとても楽しみだと言ってくれた。

数日前にはお店の予約も済ませて、今日の洋服もデート仕様にいつもよりも少しだけかわいいものを選んだ。

あとは仕事をスムーズに終えて、待ち合わせの時間までにメイクを直せば完璧だ。

頭の中で終業後の流れを確認する。

しかしその前に、目の前にある仕事をしっかりと片付けないと。

それにそろそろ、玉造さんに頼まれていた試作品のレポートもあげておきたい。

社会人になって不思議に思ったのは、仕事はやればやるほど減るのではなく増えるということ。いまだに理解できない。

考えても仕方のないことを頭に思い浮かべつつ、徐々に仕事に集中していった。

一度集中すると、時間はあっという間に過ぎた。少し定時を過ぎたけれど、想定の時間内だ。

デスクを片付けて、春山さんと一緒にロッカールームに向かう。

はやる気持ちを抑えながらロッカールームに到着すると、中は仕事を終えた人たちで混雑していた。

「おつかれさまです」

声をかけ自分のロッカーを開いて、着替えはじめる。

クリーム色の薄手のニットに、グレーのシフォン素材のスカートを合わせた。いつもよりも華やかに見えるといいんだけど。

着替えを済ませて、鏡を見ると髪が少々野暮ったい。ロッカーの扉裏に付いている小さな鏡で前髪を整えて、メイクを直す。

仕事中とは違う色のリップを塗ってみた。気合いが入りすぎかなと思ったけれど、そういうのを喜んでくれる人だ。私は鏡で見ていつもよりも少しだけおしゃれした自分に満足し化粧直しを終えた。

と、同時に鏡越しに春山さんと目が合った。

「寿々ちゃん、なんだか今日はいつもと雰囲気が違う」

す、鋭い。でも指摘されると恥ずかしくなってごまかした。

「そうなんですよ。ちょっと気分を変えたくなって」

「ふーん。そうなんだ」

まだなんか怪しんでいるみたいだ。突っ込まれる前にロッカールームを出よう。

「では、おつかれさまです」

内心ドキドキしながら、いつも通りの顔をしてロッカールームを後にした。

駅前で会う約束をしている。腕時計を確認するとまだ時間に余裕があるから、そこまで急ぐ必要はない。

そう思っていたのだけれど……。

「柾さん!?」

私は会社の正面玄関から出て、すぐそこに立っている彼を見て声を上げた。

私を見つけ、手をひらひらと振っている。

どうして、彼がここに？　待ち合わせは駅前のはず。

会社を出たところで思わず足を止めてしまった。彼がそんな私に満面の笑みで駆け寄ってきた。

「おつかれさま。待ちきれなくて迎えに来た」

「迎えに……来た」

いや、私よりも忙しいですよね？

彼の怒涛《どとう》のスケジュールを思い出して驚きと共に大丈夫なのかと心配になる。

「お、お仕事大丈夫だったんですか？」

「そのあたりは、ほら。俺できる男だから。っていうか、今日は楽しみで仕方なかったから急いで仕事していたら、早く終わりすぎた。西村が泣いて喜んでいたよ」

その場を想像して思わず笑ってしまった。

「寿々ちゃん」

そのとき突然、後ろから声をかけられた。

柾さんとのやり取りに夢中になっていて、背後から人が近付いて来るのに気が付かなかった。

「春山さん！」

振り返った私に、にこにこと笑いかけている春山さんがいた。

「素敵な人ね、紹介してくれる？」

「は、はい」

笑顔だが圧がすごい。決して逃げられないと瞬時に悟った。

「こんにちは」

先手必勝とばかりに、春山さんは柾さんに声をかけた。

この積極性を見習いたい。

「はじめまして、鏑木柾です」

柾さんは輝くような笑顔で、手を差し出した。

その瞬間春山さんの顔がぽーっとした。意識を持っていかれたまま、柾さんと握手をしている。

普段はしっかりしている春山さんまで、一瞬でこの状態にしてしまうなんて恐ろしい。

「こちら、いつもよくしていただいている先輩で春山咲子さんです」

「いつも彼女がお世話になっております」

よそいきなのか普段よりも礼儀正しい彼は、きらきらしている。春山さん以外にも会社から出てきた人が、ちらちらこちらを見ながら通り過ぎるのを目の端でとらえた。

ここは目立ちすぎる。早めに切り上げた方がいい。

「では、これで」

そそくさと退散しようと思った私の手を、春山さんがガシッとつかんだ。

「彼女ってことは、おふたりはおつき合いしているんですか？」

私ではなく柾さんに聞いている。さすがだ。

「はい。やっと彼女って呼べるようになりました」

「ちょっと待ってください、柾さん」

「いいじゃないか。本当のことだ」

たしかにつき合うってことにはなったが、条件付きだ。それを説明するつもりはないけれど、そんな正々堂々《せいせいどうどう》言われたら恥ずかしい。

私と彼の様子を見て春山さんはにこにこしているが、その笑顔に隠された好奇心が怖い。きっとすごい質問攻めをされるに違いない。

これはもう諦めよう。開き直りも肝心《かんじん》だ。

「寿々ちゃん、おめでとう。よかったね」

「ありがとうございます」

さっきまでの面白がっている雰囲気はなくなり、ずっと私のことを気にかけてくれていた春山さんの心からの言葉だとわかる。

「じゃあ、お邪魔しても悪いから行くわね。では、また」

「はい。失礼します」

柾さんは丁寧に春山さんを見送った。

「寿々、いい人そうだね」

「わかりますか?」

私たちは駅に向かって歩く。

「あぁ。なんとなくだけど。寿々は自分は運が悪いって思っているようだけど、春山さんみたいな素敵な人がそばにいるんだから、本当は運がいいんじゃないのか?」

「そう……なのかな?」

そんなこと今まで考えたことがなかった。周囲に恵まれていてありがたいと思うことは多いけれど、それが運の良さだとは思っていなかった。

「考えたらそうかもしれません。今までちゃんと周りのことを見てなかったんですね。私」

「そうだ。寿々の周りには、君のことを大切に思っている人がたくさんいる。もちろん俺も含めてだけど」

「あ、えっと。ありがとうございます？」

こんなときになんて言っていいかわからない。

胸がくすぐったい。

素直にうれしいことを伝えたいのに、うまく言葉が出てこない。

私はきょろきょろと周りを見渡した。

周囲には知っている人はいない。

私は息を吸い込むと、勢いよく柾さんの手を取った。

彼の顔を見ると、驚いたように目を見開いている。

やっぱり、びっくりするよね。

「す、すみません」

慌てて放そうとしたが、逆に強く握られた。

「どうして放そうとするんだ。うれしかったのに」

顔を覗き込まれそうになってよけた。頬が熱い。赤くなっているのがわかる。

「恥ずかしいんです。こんなことするのは、初めてなので」

勇気を出したが、やっぱり慣れないので照れくさい。

「俺は、うれしいよ。すごく」

彼が満面の笑みを浮かべている。

私の行動でこんなに喜んでくれるんだ。

私もうれしくなってきた。

「お店、こっちなんです」

私が手を引くと、柾さんは指を絡めて手を握り直してついてきてくれた。

お目当ての店は会社から歩いて十分ほど。予約の時間の三分前に到着した。ここまでは完璧だ。

「ここなんですけど――あれ？」

すでに営業は開始されている時間なのに、灯りがついていない。中を覗くと、懐《かい》中電灯《ちゅうでんとう》片手にスタッフがうろうろしていた。

柾さんと顔を見合わせると、彼は肩をすくめた。

「あの～予約していた幸田なんですが」

あわただしくしているところ申し訳ないが、まもなく予約の時間だ。この状況を説明してほしい。

「あ！　お客様、大変申し訳ございません。実は電気系統に問題が発生しまして、先ほど停電してしまいました。このような状況でお席のご案内はできかねますので、本日は休業させてください」

まさかそんなことがあるなんて。

「そうですか」

ここで何を言っても仕方がないので、了承するしかない。だがどうして今日なのだと思わざるを得ない。

次回使ってほしいと渡された割引券を握りしめ外に出る。

「すみません、こんなことになってしまって」

誰も悪くない。わかってはいるけれど、せっかく今日は私が柾さんをもてなそうと思っていたのに。

残念で肩を落とす。

申し訳なさすぎて、ちらっと柾さんを確認する。すると彼はうつむいて肩を震わせていた。

気を悪くしたのかもしれない。

「柾さん、本当にごめんなさい」

「はははは、いやーすごいね。俺の寿々は」

「え？」

柾さんはお腹を抱えて笑い出した。

「はははは、苦しい。寿々らしいよ。ちゃんと俺を楽しませてくれて最高だ」

どうしてこんなに笑っているのかわからない。予定していたお店に入れなかったのに。

「気分、害してないですか？」

「どうして不機嫌になるんだ？　こんなに愉快なのに。寿々といると普通じゃない毎日でいいな」

楽しそうにしている彼を見て、私の落ち込んでいた気持ちが浮上してきた。

「柾さんといると私の罪悪感が軽くなります」

「罪悪感？　そんなもの持つ必要ない。だって俺はこんなに楽しんでいるから」

明るい声が胸に響く。いつもならこんなとき、一緒にいる人にどうフォローしようかと悩むのに。

なんだか私も楽しくなってきて、思わず笑顔になった。

「そうやって笑っていてくれればいい。今日はいきあたりばったりでいこう」

彼が私の手を引いて歩き出した。

「さて、笑ったら本格的にお腹がすいてきたな」

「はい。何を食べましょうか？」

柾さんは普段どんなところでご飯を食べているのだろうか。

「悩むな。あ、あれはどう？」

彼は少し外れた川沿いの遊歩道にある、ラーメンの屋台を指さした。

「ラーメンですか？」

「あぁ。うまそう」

屋台を指定されるとは思わなかった。以前食事したときはちゃんとしたお店だった。お礼としては少し物足りなくないだろうか。

「ラーメンは好き？」

「はい。でもいいんですか？」

「こんな日じゃないとなかなか行かないだろうから。行こう！」

声を弾ませながら屋台に向かう彼から、ウキウキが伝わって来た。いつもの彼との違いに驚きつつも私も楽しくなってきた。

屋台に近付くといい匂いがして食欲を刺激される。

「ふたりだけどいけますか？」

「はい。あっちのテーブルどうぞ。できたら呼ぶから。水はそっちね」

屋台のおじさんがてきぱき指示をする。それに従って、柾さんがあれこれしてくれる。

結局私が椅子に座っている間に、湯気が立ちのぼるおいしそうなラーメンが目の前に置かれた。

「さぁ、食べよう」

「はい。すみません。結局全部やってもらって」

「構わないさ。俺、君のために動くの好きみたいだ」

「いただきます」

ふたりで手を合わせてから食べはじめた。

「うまいな」

「はい」

すっきりとした味わいの醤油《しょうゆ》ラーメンだ。柾さんは見かけによらず豪快に食べている。

「ふふふ」

思わず笑ってしまったのを見られていたのか「何？」と言われた。

「いえ。普段スマートな柾さんとのギャップがすごいなって」

「そう？　いつもこんなもんなんだが。まぁ、かっこいいと思ってくれているのはうれしいけど」

「それは……思ってますよ」

さらりと伝えた。ごまかすようにラーメンをすすったが柾さんは見逃してくれなかった。

「ん？　もう一回聞きたいな。俺のことどう思っているか」

「……おいしいですね。ラーメン」

「またそうやってごまかす」

彼は笑った後、ラーメンをすすった。

夜も更《ふ》けてきて気温が下がっていたが、あったかいラーメンと、柾さんとの楽しい会話で素敵な時間を過ごした。

「はぁ、本当にうまかったな」

そう言いながら、彼は自分のマフラーを私の首に巻いた。

「大丈夫ですから、柾さんが寒いですよね？」

「いいや。あったまって暑いくらいだ。だから君が預かっていて」

私はおとなしく彼の言うことを聞いた。

以前も巻いてもらった。

彼のだから特別あったかいと思えるのだろうか。そういう考えが浮かんでくる時点で私の気持ちが彼へと大きく傾いている証拠のように思えた。

「せっかくだから、少し歩こうか」

当たり前のように手をつないで歩く。言葉は多くないけれど、ゆっくり流れる時間が楽しい。

「今日も面倒をかけてしまいました」

彼は気にしていないかもしれないけれど、予定通りにいかなかったことに対して謝る。

「まだ気にしてるのか？　それが寿々のいいところではあるけれど、俺といるときは、ただ笑っていてくれればいいよ。謝られるよりずっといい」

「ありがとうございます。今までそんなふうに言ってくれる人がいなかったので新鮮です」

彼に肯定されると、不思議なくらいに気持ちが軽くなる。

「言っていないだけで、みんなそう思ってるはずだ。過去の出来事がトラウマになっているのかもしれないが、俺とゆっくりリハビリしていこう」

「そんな迷惑をかけられません」

これは自分の問題なのだ。

しかし彼は私の鼻をキュッとつまんだ。

「んっ」

「そうやって、自分を追いこまない。俺は誰にでも優しいわけじゃない。寿々だから助けたいと思っているんだ。黙って手を取ればいいから」

彼がぎゅっと私の手を握った。

「危ないことがあったり、無理になったら言ってください」

「寿々は心配性だな」

「絶対ですよ」

彼が笑っていられる間はいいけれど、そうでないことが起こったら……大変だ。私はしっかりと彼に念を押しておく。

「わかった。ほら、そろそろ帰ろうか」

「はい」

時間はそこまで遅くないので、送ってもらわなくてもいいと言ったのだけど、そういうときは「一緒にいられてうれしい」って言うのだと教えられた。

うまく言える自信はまったくない。やっぱり自分の恋愛偏差値は低いのだと実感した。

結局タクシーで柾さんに送ってもらうことになった。

忙しくて時間がない中でも、こうやって私に時間を使ってくれる。こういうところで、私を大切にしてくれているのが伝わってくる。

「結局今日もお世話になりっぱなしでした」

「そんなことない。楽しかった。もう俺が寿々のお世話を楽しんでいるんだから、割り切ろう」

そんなこと言われてすぐに〝そうですか〟とはならない。

でも柾さんがくれる言葉、一つひとつがうれしかった。

「あれ？　どうしたんだろう」

自宅に近付くと赤色灯が点灯して、明るくなっているのが見えた。

だんだん自宅に近付くにつれ嫌な予感がしてくる。

「心配しなくていい。一緒にいるから」

私の不安が伝わったのか、柾さんはつないでいた手に力を込めた。

人だかりができていて近寄れず、自宅の手前からタクシーを降りて早足で家に向かう。家に近付くにつれて、嫌な予感が実感へと変わっていく。息を切らせながら到着すると自宅前で琴音さんが警察官に事情を聞かれていた。

「琴音さんっ！」

「寿々」

私が駆け寄ると、琴音さんが振り向いた。私を心配させないように無理に笑おうとしているが疲れが顔に出ている。

周囲を確認すると隣のアパートの一部が焼けていた。我が家は延焼を防ぐために放水されたようだ。

「琴音さん、けがは？」

「私は大丈夫。アパートに住んでいた人は煙を吸って、何人か運ばれたみたいだけど」

「そうなんだ……」

アパート前の道路では、住人だろうか何人かの人が燃えてしまったアパートをぼーっと眺めている。

「これは大変でしたね」

「柾さん。ええ、家の中がめちゃくちゃで」

燃えなかったけれど、被害が大きい。家じゅう水浸しだ。

「これでは到底住めないわ。私は、店で寝起きするつもりだけど、寿々はそうはいかないわね」

ジェイドリーフの奥には簡易キッチンやシャワーが設置されている。普段休憩に使う畳の部屋もあり、家を修繕《しゅうぜん》する間であれば多少不便はあるだろうけれど、生活するのに問題ないだろう。

「私も一緒に住むよ」

琴音さんは眉間《みけん》に皺《しわ》を寄せて首を振った。

「いやよ、六畳でふたりなんて。二、三日だったらいいけど。元の生活に戻るにはもっと時間がかかるわ」

こういった場合の火災保険の扱いはどうなるのだろうか。どうなるにしろ、ちゃんと住めるようになるにはかなりの時間を要するに違いない。

「部屋を借りるにしても急には無理だし」

「とりあえずビジネスホテルかな」

「そうね。でもずっとホテル暮らしっていうのも……」

ふたりで頭を悩ませていると、咳払いが聞こえた。

「ふたりとも俺の存在忘れてないですか？」

背後から声が聞こえて、はっとした。頭の中がいっぱいで今後のことを考えるのに精いっぱいだった。

「すみません。送っていただいたのにお礼も言ってなくて」

「いや、それはいいんだけど。困っているのに俺には頼らないのはどうしてかなって」

「でも」

「関係ないとは言わせないからな」

彼は腕を組んで不機嫌な顔をした。蚊帳《かや》の外は嫌らしいが、だからといって、プライベートすぎる話なのに彼に頼れない。

「でも、これはうちの問題なので」

「寿々の問題なら、俺の問題だ」

彼は当たり前のように言った。

「そう言ってくれるのは、うれしいんですけど——」

「あら、助けてもらえばいいじゃない」

断ろうとしているのに、琴音さんが名案だと賛成する。するとすかさず柾さんが乗っかってきた。

「そうだ。さっきも言っただろ。寿々をお世話する俺の楽しみを奪わないでほしい」

「楽しみって」

気が付いたら、落ち着いていつものような会話ができている。

こんな状況なのに、明るい彼のおかげで落ち込みすぎないで済んでいる。

「助けてくれるっていう人がいるんだから、甘えればいいの。彼氏でしょう？」

「はい。だから寿々さんはうちで預かります」

「えっ！」

とんでもないことを言いだした。

「預かるって一緒に住むってことですよね？」

「そうそう。ちょうど部屋も余ってるし、長い時間一緒にいられる」

「あら〜いいじゃない」

琴音さんは手を叩いて賛成している。

「そんな無責任な」

「いやちゃんと責任は取るから心配しなくていい」

別に責任を取ってほしいわけじゃないのに。

「あら、それなら安心だわ。こんなことでもなければ一緒に住むってなかなか踏ん切りがつかないいじゃない。だから大賛成よ。柾くんに預かってもらえたら私も安心だし」

「だそうだ、いいよな」

「そんな――」

私が反論しようとすると「琴音さんっ」と男性の声がその場に響いた。

「西村さん？　来たの？」

柾さんの秘書の西村さんだ。しかし今は柾さんには目もくれずに琴音さんに一目散《いちもくさん》だ。

「当たり前じゃないですか。こんな状態のあなたを放っておけない」

その場でぎゅっと抱きしめた。

なんとなく気まずくて視線をそらした。

琴音さんがほどこうとしても、西村さんは力いっぱい抱きしめたままだ。

私は柾さんと目を合わせる。

彼も私と同じく気まずく思っているようで肩をすくめてみせた。

「琴音さんは西村に任せて、寿々は荷物を取ってきて」

「でも」

私は彼の家でお世話になっていいものかどうか迷っている。

「邪魔しちゃ悪いだろ。ここで待っているから当面の荷物をまとめて」

私は抱き合っているふたりを見て、今は柾さんの言う通りにした方がいいと思った。

夜も遅いのだ、ここでこのままいるわけにはいかない。

中がどんな状態なのか心配していたけれど、私の部屋は無事だった。ただそこに至るまでの廊下や階段は水浸しだ。

元に戻るまでにはかなり時間がかかるだろう。

スーツケースに洋服と日用品を急いで詰めて、下に降りる。すると柾さんがすぐに荷物を持ってくれた。

その頃になると慌てていた西村さんも落ち着いたようだ。

普段は冷静沈着に柾さんのサポートをしているのに、意外な一面を見た。本人は少し恥ずかしそうにしながら琴音さんに寄り添っている。

「寿々のこと、よろしくお願いいたします」

琴音さんが頭を下げた。

「はい。ちゃんとお預かりします」

「琴音さん、何かあれば連絡してね。ご飯をちゃんと食べて、寝る前にお風呂入って――」

「そんな心配しなくていいから、ほら行きなさい」

「うん。じゃあいってくるね」

私は後ろ髪を引かれる思いで振り返りながら、タクシーを拾うために大通りに向かう。

琴音さんのことは、西村さんに任せておけばいい。彼なら安心できる。

すぐにタクシーが来て私たちは乗り込んだ。


「ようこそ、我が家へ」

柾さんがCMの如く、笑顔で私を迎え入れてくれた。

都心の一等地にあるタワーマンションの一室は、まるでモデルルームのような豪華さだった。

私はマンションの玄関に到着してからずっと、感動と驚きで挙動不審になっている。

きょろきょろとあちこちを見て、ぽかんとすることを繰り返していた。

そもそもずっと琴音さんとふたりであの家に住んでいたので、マンションで生活するのは初めてだ。

「はぁすごい」

リビングの壁一面の窓から外を眺める。地上二十階から見る夜景に思わず声を上げてしまった。

宝石のように一面に広がった光が遠くまで見渡せる。

「そんなに喜んでもらえるとは。ここに住んでよかったって初めて思った」

「喜びますよ。私にとってこういう風景は、わざわざ見に行くものなので」

都心にもかかわらず、こんなに景観がよいなんて驚く。

「さぁ、いろいろ説明するからこっちに来て」

彼に言われて素直に従う。

リビングにあるソファに座って待っていると、彼が紅茶を淹れて持ってきてくれた。

「ありがとうございます」

「いや、ちょっと休憩。いろいろありすぎただろう」

私は頷きながらお茶をいただく。

「ご迷惑を……」

「かけられてない。君と琴音さんには悪いけど、俺にとっては渡りに船だ。寿々と一緒にいられる時間が増えた」

彼はテーブルの上に鍵を置く。

「この部屋の鍵。エレベーターに乗るにも、降りた後のセキュリティを通るにも必要だから、外出時は身に着けて。忘れたら俺がコンシェルジュに言えばどうにかなるから」

「セキュリティ……コンシェルジュ」

これまで縁がなかった言葉のオンパレードだ。

「君の部屋は客間。ベッドはあるし、新しいシーツも用意があるから。この家のものは全部好きに使っていい。あと俺の寝室はそこ。寂しかったら二十四時間いつでも来てくれていい。添い寝も大歓迎」

「そ、それは。私には過剰なオプションすぎます」

「なんだ、残念だな」

声を上げて笑う彼は、口とは違ってまったく残念そうにない。

そんな彼に思わず笑ってしまった。

そしてふと気付くのだ。こんな最悪な日なのに笑っていられることに。

「柾さんが私に言ったのって本当のことだったんですね。〝不運は俺が全部もらう〟って」

「うそつきじゃないって、証明できたな」

少し自慢げにほほ笑む彼に私は頷く。

「ここ最近、トラブルがあっても柾さんといると気が付いたら笑えている自分に気が付きました。今日だってひとりだったら、きっと今頃途方《とほう》に暮れていたと思います」

彼がいて、間違いなく笑顔で過ごすことが増えた。

これまでは不幸を呼び寄せないために、努力して笑顔でいるようにしていた。でも今は違う、彼といると笑みが自然に浮かぶ。

「寿々」

彼が私の隣に移動してきた。

「触れても？」

これまでだって手をつないだりしていた。それなのにわざわざ断るということは、これまでとは一歩先に進むということだ。

私はちゃんと理解して頷いた。心臓がすでにトクトクと鼓動を速めている。

彼の大きな手が私の頬に触れた。

ぬくもりが伝わると同時に体がビクッとなった。

彼が私の反応を見て、動きを止めた。

それに気が付いた私は、彼の手に自分の手を重ねてもう一度自分の頬に持っていく。

触れてほしい。

素直にそう思った。

ふせていた目を彼に向けると、彼も私に視線を向けていた。その中に感じる熱い感情に胸が震える。

頬に触れた彼の手。指で優しく私の頬を撫でた。

ドキドキと気持ちよさで思わず目を閉じる。

「寿々、好きだ」

いつもよりも少し低めの声が耳に甘く響く。

体が芯から震えた。

喜びで胸が熱い。

私も好きだと彼に伝えたい衝動にかられた。でもそれをしてしまった後どうなってしまうかわからなくて怖い。

好きだから、言えない。

私はそれまでのときめいた気持ちを自らぎゅっと押さえつけて胸の奥にしまい、彼の目を見てほほ笑むだけにとどめた。

ずるいと思う。半年という期間に甘えてその間は彼と一緒にいたいと思っている。

彼の唇が近付いてきた。柔らかくそっと触れるだけ。彼の優しさがこもった素敵なキスだった。

好き。

だけど言えない。

それは甘くて切ない私たちの初めてのキスだった。


私は緊迫《きんぱく》した雰囲気の中、最先端のシステムキッチンに立っていた。

おぼつかない手つきでジャガイモを切る柾さんを、息をひそめて見守っている。

一緒に暮らしはじめて二週間ほど経った。まだ慣れてはいないけれど、ぎこちなさは少しましになったと思う。

土曜日の午後。私は午前中に仕事をしてきた彼のために、夕食を作るつもりで準備をしていた。

そこでなぜだか、帰宅した柾さんも手伝ってくれることになったのだけれど……。

まさか、こんなに不器用だったなんて。

なんでもできそうな雰囲気なので意外だった。

息を詰めて包丁を使う。少し不揃《ふぞろ》いだけどジャガイモのスライスができた彼は満足そうだ。

褒めてほしいと顔に書いてあるように見えるのは、気のせいだろうか。

「上手《じょうず》にできましたね」

「そうだろう」

やっぱり褒めてほしかったみたいだ。

ちょっとかわいいかもと思いつつ、私は危険がなくなったことにほっとして、ホワイトソース作りに取り掛かる。

今日のメインはポテトグラタンだ。

ミートソースは彼が仕事に行っている間に作っておいた。そこに、薄切りにしたポテトとホワイトソースを重ねる予定だ。

「寿々がうちに来てから、冷蔵庫の中がにぎやかだ」

「大きいから、ついついあれもこれも買ってしまって」

近くにあるスーパーが多彩《たさい》な食材を扱っていて楽しい。お弁当もうちにいたときから継続して作っているのでついついいろいろと買ってしまっている。

私がここに住むまでビールと水しか入ってなかったので、それに比べるとにぎやかだというのも頷ける。

「明日は琴音さんのところに顔を出す？」

「特には決めていないんですけど。きっとご飯ちゃんと食べてないだろうから、お弁当とそのミートソースを持っていってもいいかなって」

琴音さんとは定期的に連絡を取っている。心配であれこれ聞いたところ西村さんが献身的に支えてくれているようで安心した。

「なるほどな」

彼はお皿からミニトマトをひとつつまんで食べた。

私がちらっと見ると、肩をすくめてみせる。時々みせる子どもっぽいしぐさに顔が緩む。

一緒に暮らすというのは、こんなにも相手を知るチャンスが多いと知って、びっくりした。

それだけ自分のことも相手に知られるということだけど。

思ったよりも楽しくて困る。自宅の修繕が終わったら戻るのに、もうすでに寂しいと思ってしまった。

彼に対しての思いが、どんどん強くなっていく。

「あ、牛乳が足りないかも」

冷蔵庫から取り出した牛乳パック。思っていたよりも軽い。

もう少し残っていると思っていたのに、これではホワイトソースがうまくできないかもしれない。

「コンシェルジュに頼むか？」

「ううん、牛乳だけだから買ってくる」

依頼をして買ってきてもらう方が時間がかかりそうだ。コンビニなら歩いてもすぐだ。

「じゃあ、俺も行く」

「ひとりで大丈夫ですよ？」

引っ越してきて日が浅いといっても、コンビニまでの道のりは迷子になるほどの距離ではない。

「俺が一緒に行きたいだけ。ほら」

彼にせかされて、私はエプロンを外す。慌てて先に玄関に向かっている彼を追い掛けた。

「せっかくだから、ちょっと散歩でもしようか」

彼の提案に頷くと、手をつながれ歩き出した。やっぱり最初はドキッとしてしまうけれど、少し慣れたように思う。

ちょっと寒いけれど、いい天気で気持ちがいい。

「ここは夜は通らないで。暗くてひとけがないから」

「ここは時々猫がいる」

危険スポットやお気に入りの場所まで、彼がいろいろと教えてくれる。

こうやって近所を歩いているだけなのに、楽しい。

結局ぐるっと遠回りしてコンビニエンスストアに到着した。

私が牛乳を手に取っている間に、柾さんは手に持ったカゴの中に、駄菓子やスイーツをぽんぽん放り込んでいく。

「あの、何してるんですか？」

私が話しかけると、彼が陳列棚を指さしながら振り向いた。

妙にうれしそうだ。

「これ新作だって。こっちはおすすめって書いてあった」

「それはわかりますけど」

「たまに来るとコンビニも楽しいな。あ、寿々と一緒だからか」

「あの、他のお客さんもいるので、そういうことを言わないでください」

恥ずかしい。他の人に聞かれていないか周囲を見渡す。

「帰ったら一緒に食べような」

「はい」

結局彼に誘われて、私もあれもこれもとカゴに入れてしまった。

帰って彼と話をしながら食べるのが楽しみだ。

こんな日常の中に、喜びやときめきがちりばめられているとは思わなかった。

彼と過ごすようになって私の毎日はこれまでとはまったく違った色をみせた。

気が付けばいつもよりもずっと笑っている自分がいた。

コンビニエンスストアで会計を済ませると、袋をふたりで持つ。

「どれから食べようか？」

「夕飯食べられるくらいにしておいてくださいね」

グラタンのために牛乳を買いに出たのに、それが食べられないなんて本末転倒《ほんまつてんとう》だ。

「あぁ、そうだった。じゃあデザートに食べることにして、それまで我慢しようかな。せっかく寿々が作ってくれるから最高のコンディションで食べたい」

「そこまで期待されるとプレッシャーです」

楽しみにしてくれているのが伝わってくるけれど、緊張してしまう。

「私の料理なんて――」

話をしている途中だった。

私は背後から突然強い衝撃を受けた。

後ろからやってきた自転車が私にぶつかったのだ。

ぶつかった衝撃で体が前に押し出され、前のめりに倒れそうになる。

「わっ」

「危ないっ！」

その瞬間柾さんと一緒に持っていた袋が、ぐいっと引っ張られ、倒れそうになっていた体がそれにつられて戻ってきた。彼が、私が倒れないように自分の方へ引き寄せてくれたみたいだ。

おかげで転倒しなくて済んだ。でも、驚いた私は反射的にレジ袋を持つ手を離して、歩道に膝をついてしまった。

それが失敗だった。

袋が宙を舞い、私を助けたせいでバランスを失った柾さんが車道に投げ出される姿が目に入った。

そこに車が走ってきた。

私は悲鳴を上げることしかできなかった。

「きゃあああああ」

目をつむって叫ぶ。ブレーキの音にはっとして瞼《まぶた》を開くと、つぶれた牛乳パックから飛び散った白い液体が目に入った。

「うそ……でしょ」

声が恐怖でかすれる。

「やだ、いや」

高校生だったあの日の恐怖がよみがえる。

「いや、いや、……いやぁ」

私のせいで柾さんが！

駆け寄って彼の様子を見たいのに、足に力が入らない。何度も立ち上がろうとしてそのたびに転がるようにして膝をつく。

恐怖で心臓が痛い。

呼吸すらうまくできずに震える。

「柾さん……柾、さん」

うわごとのように名前を呼びながら、彼の方に這《は》って向かおうとする。

こんなことって……ひどい。

涙がボロボロとこぼれる。

「柾さんっ！」

「寿々」

名前を呼んだ瞬間、彼の声が聞こえ、顔を上げるとこちらに走ってくる姿が目に入った。

私はそれを見て安心し、その場にうずくまった。

「寿々、大丈夫か？　けがは？　見せてみろ」

「柾……さん」

彼の顔を見た瞬間、涙がぶわっと溢れた。勢いでそのまま彼に抱き着いた。

「柾さんこそ、けがは？　無事ですか？」

「あぁ、車にも当たってないから、どこもけがはない」

私たちの様子を、自転車を運転していた若い男性と、車を運転していた年配の女性が心配そうに見ている。

「すみません、大丈夫ですか？」

自転車の男性が頭を下げた。

幸い私はどこにもけがをしていない。

「はい、けがはありません」

それを聞いた男性は、ほっとした表情をみせた。

「飛び出してきた猫に気をとられてしまって、おけががなくて安心しました」

しかし柾さんは、厳しい顔で男性に向き合う。

「一歩間違えれば大きな事故になっていた。今回は運が良かっただけだ」

「本当に申し訳ありませんでした」

自転車の男性は私たちと、車を運転していた女性にも謝罪をしている。

念のために警察に届け出をし、近くの交番からきた警察官の方が事故処理をした。

今後、体調不良などが出てきた場合は連絡することになった。

警察官が来てやり取りしている間も、怖くて震えが止まらなかった。上《うわ》の空《そら》で答える私を、柾さんがフォローしてくれていた。

彼に抱きかかえられるようにして帰宅後、ソファに座った私は、顔を覆《おお》いうつむいたまま動けずにいた。

間違いなく私のせいだ。柾さんは私がいなければ、身の縮むような思いをしなくて済んだ。

今回はけがはなかったけれど、次はどうなるか。無事な保証なんてどこにもない。

そのことを考えると恐怖でたまらなくなる。

柾さんは、私が落ち着くのをじっと隣で待っている。

それをありがたいと思うと同時に、申し訳なく思う。

こんな私、心配してもらう価値なんてない。

「ごめんなさい」

はっきりと伝えたいのに、実際は蚊の鳴くような声しか出なかった。

「被害者の寿々がどうして謝るんだ」

私は首を振る。

「私と一緒にいなければこんな危険な目には遭《あ》わなかった。柾さんまで彼みたいになったら」

私は顔を覆い、涙を隠した。

彼もまた大きなけがをしてしまうのではないかと、胸が張り裂けそうだ。

「寿々」

彼は私の肩を抱き寄せた。

「俺は俺だ。君の元彼とは違う」

「それはわかっています。でも」

「当たり前だって言うんだろう？　でも、寿々は今、同じようになったらどうしようと考えている」

彼の言う通りだ。どうしたって嫌な想像をしてしまう。

「でもどうしても、彼とあなたがかぶってしまうの。怖いの」

自分が傷つくならいい。でも大切な人が傷つくのはもう見たくない。

「やっぱり間違ってたの。私が恋をしたいだなんて」

身の程をわきまえるべきだった。自分の運の悪さをわかっているのは、自分だったのに。

「寿々、こっちを見て」

私は首を振って、下を向く。彼の顔を見たら、抑えているいろいろな感情が溢れてしまいそうだ。

「寿々、俺は君の前からいなくならない」

子どもみたいな態度を取っている私。それでも彼は優しく根気強く呼びかけてくれる。

ぎゅっと抱きしめられると、我慢できずに嗚咽《おえつ》が漏れた。

泣いている場合なんかじゃないのに。

「寿々、そのままでいいから聞いてほしい」

いつまでもかたくなな態度の私にも諦めずに、声をかけてくれる。

「俺はけがなんかしていないし、これからもしない。寿々をおいて死なない」

私は顔を上げて彼を見る。

「どうして言い切れるの？」

「俺は運がいいからな。大切なものを残して逝《い》くなんてことは絶対にない」

彼の大きな手のひらが、私の頬を包む。まっすぐに私を見つめる彼の視線にとらえられた。

「怖くて混乱しているのはわかる。でもだからこそ俺がそばにいたい。ちゃんと俺の話を聞いて」

今度は素直に頷いた。

こんなに真剣に自分に向き合ってくれているのに、逃げるのは違う。

「いい子だ。深呼吸しようか」

まるで子どもに諭《さと》すような言い方だ。でも今はそうされるのがとても心地よい。

どうしようもなく混乱した心を、彼は慰めてくれる。彼の言葉が、彼の言葉だけが、私に響く。

深い呼吸を何度か繰り返すと、やっと体の力を抜くことができた。

「よし、落ち着いたな。これからする話は、もっと後でするつもりだったんだ。だが、ちょうどいいから今、話をしようと思う」

私はこれから彼が何を話すのかわからずに身構える。

「少し待ってて」

彼はそう言うと自分の部屋に戻って、タブレットを持ってきた。

私は彼をじっと見る。不安はあるけれど、彼が私に伝えると決めたことなら、私はちゃんと話を聞くべきだ。

「これを見てほしい」

隣に座った柾さんからタブレットの画面を見るように渡されて、表示された画面に視線を走らせる。

「有沢靖之《ありさわやすゆき》って、これ！」

驚いた私は顔を上げて、柾さんを見る。

有沢くんは私が高校生のときにつき合っていた男の子だ。私のトラウマのひとつになったあの事故の被害者。

でもどうして柾さんが、彼について調べたの？

彼はひとつ頷いてから口を開いた。

「悪いと思ったが、君の過去について調べさせてもらった。よく見てほしい」

次のページへとスクロールすると、私と別れた後の彼について書かれていた。

経歴については、風の噂に聞いた通り一年浪人して大学に合格したと書いてあった。

「やっぱり……私のせいだ」

「君は本当に早とちりだな。続きをよく見て」

そこには彼が浪人した理由が書かれていた。

「え……病気、手術⁉」

私の知らない事実が、そこには綴《つづ》られていた。

有沢くんは、あの事故のけがで入院した際、検査の途中で別の病気が見つかりそのまま手術を受けた。

放っておけば命にかかわるかもしれなかったらしく、早期発見できたのは幸運だったそうだ。

「そんなことが……あったの？」

「あぁ、そうだ。他のやつらのも見てみろ」

次のページにも、過去につき合っていた人のことが書いてあった。

私が行きたいと言って一緒にお祭りに行き食あたりになった元彼は、大事な商談に行けなかった。しかし後日その相手が不渡りを出した。あのとき契約をしていたら、会社に大きな損害を与えていたと記載がある。

どちらも私が原因で迷惑をかけたから、悲しかったけれど別れに関しては仕方がないことだと思っていた。

「これを読んでどう思った？」

「よかった……」

素直にそう思えた。

「そうだよ、よかったんだよ。寿々のトラブルに巻き込まれたと思っているかもしれないが、結果そのトラブルのおかげで事なきをえているんだ。俺からすれば、寿々が事前に彼らを守ったようにすら見える」

「さすがにそれは……たまたまそうなっただけだと思うけど」

「たとえ偶然だったとしても、ずっと寿々のトラウマになっていたことは解消されたはずだ。彼らは誰も不幸になっていない」

柾さんがタブレットを取り、私の手をぎゅっと握った。

「寿々が気にする必要なんてない。トラウマなんて最初から持つ必要なんてなかったんだ。だから俺がけがをすることも、死ぬこともない」

柾さんが私に向ける視線がより真剣になる。そこに彼の強い意志を感じる。

「俺は君の前から絶対にいなくならない」

「絶対？」

「あぁ、約束する」

彼が言うのなら本当だと思えた。

彼の力強い言葉に、私はもうひとりじゃないと思えた。

それでも、もしかしたら……。

私の気持ちがまだ完全に晴れていないのが、彼に伝わったようだ。

「やっぱり、元彼だけが原因ってわけじゃないんだな」

彼は小さくため息をついた。

「どうして、そう思ったの？」

聞いてから思った。彼なら気が付いたとしてもおかしくない。いつも鋭く、私の心の中は見透かされているような気がする。

「かたくなすぎるのがずっと気になっていた。元彼だけが原因でそんなことになるのか、ずっと疑問だった」

もうこれ以上は彼に隠しておけない。

いや、違う。私が彼に聞いてほしい。

胸の中にずっと閉じ込めていたもの。

私が人と深くかかわることを恐れた理由。

じくじく痛む胸が今もあの言葉に囚われている証拠だ。

「私、お父さんに捨てられたの」

柾さんが一瞬息をのんだ。

「寿々、どういうことだ？」

彼が顔を歪めた。私よりも辛そうな顔をしている。そんな彼だからこそ私の暗い過去を話そうと思えた。

＊＊＊

もう顔も覚えていない父。しかしあの頃の私に深い傷を与えたあの言葉は今でも忘れられない。

母は私を産んだ後産後の肥立《ひだ》ちが悪く、私の記憶の中では常に寝たきりだった。

それでもベッドで絵本を読んでくれたり、マフラーを編んでくれたりした優しい思い出があった。

大好きで大切な母だった。

しかし反対に父の記憶はほとんどない。

仕事ばかりしていて、自宅にはほとんどいなかった。

たまにいても、昼間からお酒を飲んで酔っ払っている様子しか思い出せない。他の家のお父さんのように、どこかに連れていってくれたことも勉強を見てくれたこともただの一度もなかった。

そんな生活の中、私が小学校に入学するのを見届けるようにして、母が亡くなった。

悲しみも癒《い》えぬまま、父とのふたり暮らしがはじまったが、朝早くから夜遅くまで働いている父は、私には見向きもしなかった。

休日もひとりでお酒を飲んでいる父に近付こうとは思わず私はどんどん孤独になっていく。

それまで母が綺麗にしてくれていた髪もぼさぼさになり、サイズの合わない服を着ているような日々。

見かねた琴音さんが週に何度か来て世話をしてくれるようになって、なんとかまともな生活ができるような状態だった。

しかし私の環境は十分だとは言えず、琴音さんは父に苦言を呈《てい》した。

そのときに父が言った。

「寿々は疫病神《やくびょうがみ》だ。あいつさえ生まれなければ、俺はこんなみじめな生活をせず今でも幸せに暮らせていたはず。不幸をもたらす子どもだ」

父は私が聞いているとは思っていなかったのだろう。

しかし私は聞いてしまった。自分のせいで家族がバラバラになってしまったと父が思っていることを。

私は黙ったままその場を去った。

怖くて声をかけることができなかった。

涙も出ず、ただ布団《ふとん》にもぐって痛む胸を押さえた。

私のせいでお母さんが死んでしまった……。

大切な人が自分のせいで。

父の言葉によって、一瞬にして自分が嫌いになった。母と一緒に消えてしまいたかった。

ずっと布団の中でそう願い続けた。

もちろんそんな願いは叶わなかったけれど。

そんな中でも私が幸運だったのは、父のその言葉を聞いた琴音さんがすぐに私を引き取ってくれたことだ。

それから琴音さんは精いっぱい、愛情を込めて私を育ててくれた。

感謝してもしきれない。

ただどんなに琴音さんに大切にされても、父の言ったあの言葉で受けた傷が癒えることはなかった。

＊＊＊

「寿々」

私が視線を上げ彼を見ると、苦しそうな顔をしていた。

一緒に悲しんでくれていると思うと、うれしくて涙がぽろっとこぼれた。

それを見た彼が私の肩を抱き寄せて力いっぱい抱きしめた。

「そんな言葉、俺が全部上書きしてやるから」

少しかすれた低い声。

怒りと私を思いやる気持ちが複雑に入り混じったような声色。

どれほど私のことを思ってくれているのかが伝わってきて、また涙が溢れる。

あの言葉を聞いたときの小さな私が心の中で泣いている。あの日、流れなかった涙が流れることで心が軽くなっていくようだ。

「俺が寿々を幸せにしたい。泣いてもいい。怒ったっていい。自分の気持ちに素直に生きてほしい。俺のそばで」

私は嗚咽を漏らしながら、頷くしかできない。

「誰が何を言っても、寿々には幸せになる権利があるんだ。だから俺の言葉を信じて、笑ってほしい」

ずっと自分は誰かを傷つける存在だと思っていた。だから幸せになる権利なんてないと。

でも彼が幸せになっていいと言うのなら、彼と一緒にいたいと思えた。

「私、柾さんのそばで幸せになりたい」

やっと絞り出した声を聞いた柾さんは、その言葉に応えるように強く私を抱きしめた。


頭が痛い。きっと昨日泣きすぎたからだろう。鏡を見なくても瞼が腫《は》れているのがわかる。蒸しタオルで温めれば少しはましになるだろうか。

「気分はどうだ？」

「へ？」

すぐ近くから声が聞こえて、飛び起きた。

「おはよう」

「柾さんっ！」

驚きすぎて声が裏返った。

ど、どうして同じベッドに？

思考停止している間に、彼が指を私の目元に持ってきた。

「少し腫れているな」

はっと我に返り、何があったのか思い出す。

「き、昨日はいろいろとすみません――」

「違う、そこはありがとうだ。俺は謝罪より感謝が好きだ。覚えておいてくれ」

私が素直に頷くと「いい子だ」と子どもにするように頭を撫でた。

昨日いろいろあったことはとりあえず置いておくとして、今大事なのはどうして一緒に寝ていたかということだ。

「あの、私。途中から記憶がないんです」

慌てて昨日の記憶を引っ張り出してくる。

たしか柾さんがお風呂の準備をしてくれていた。

その間にうとうととして……。

「君は疲れていたのかソファで眠ってしまったんだ。起こすのもかわいそうだし、こんな日にひとりにさせたくなかった。だから俺のベッドに運んだ」

重ね重ねの失態に、申し訳なくなる。

「そうだったんですね……ご迷惑をおかけしました」

「俺は寿々のかわいさに勝てずに添い寝したってわけ」

彼は微塵《みじん》も迷惑でなかったかのように、笑ってみせる。

「ど、どうしてそんなことに。起こしてくれればよかったのに」

「俺がこんな、千載一遇《せんざいいちぐう》のチャンスを逃すわけないだろ」

いたずらめいた顔をした彼が、私の鼻先を指でちょこんとつついた。

甘い声でそんなことをされると、私の心臓がうるさく音を立てた。

とにかく恥ずかしくて仕方ない。

顔を隠す私を見て柾さんは声を出して笑った。

「とりあえず、シャワー使う？」

「はい」

「じゃあ俺はその間に、朝食を調達してくるから。ゆっくりどうぞ」

彼は先にベッドから降りると寝室を出ていった。

私はシャワーを浴びて身支度をすると、昨日作れなかったポテトグラタンの材料を元に、オムレツを作った。

柾さん、昨日楽しみにしてくれていたのに、結局一口も食べさせてあげられなかったから、せめてオムレツくらいは食べてもらいたい。

「いい匂いがしてるな」

キッチンでオムレツを焼いていると、彼が帰って来た。

「ただいま」

柾さんが後ろから、私の手元を覗き込んだ。意図せずだろうけど後ろから抱きしめられるような形になりドキリとする。

「オムレツ、好きですか？」

「あぁ、上手だな。そこらのホテルで出てくるのと遜色《そんしょく》ない」

「そこまで言うと、ちょっと大げさすぎます」

せっかく褒めてくれているけれど、そんなにしっかり見られていると緊張して失敗してしまいそうだ。

なんとか集中してオムレツを仕上げた。

「おおお～すごい」

派手に拍手をしてくれた。

「あ、忘れてた。これ、焼き立てを手に入れたんだ」

差し出された袋の中には食パンが入っていた。

触るとまだほのかに温かい。

「おいしそう。さっそく切りますね。柾さんはどのくらい食べますか？」

私が食パンを切っている間に、柾さんはコーヒーマシンに粉をセットしている。

してもらうことに慣れている立場の彼だろうけれど、自宅ではよく動いてくれる。

居候《いそうろう》の身なので、家事は引き受けるつもりだったのに、彼は何もさせてくれない。

むしろあれこれしてもらっているのは、私の方だ。

「寿々、コーヒーに牛乳入れる？」

「はい。お願いします」

私が頼むと、わざわざ温めた牛乳を泡立ててくれる。

本当にマメだ。

「おいしそう、ありがとうございます」

「どういたしまして」

彼はにっこりとほほ笑むと、私の頬に小さなキスをした。

そして機嫌よく鼻唄を歌いながら、食器をダイニングに運んでいる。

私もオムレツとサラダを持って席に着いた。

「いただきます」

向かい合って食べはじめる。彼の反応が気になってついつい見てしまう。

「うまい」

わずかに目を見開いてふた口目を運んでいる。

その様子から合格だとわかる。

私は安心して自分の食事をはじめた。

私と一緒に暮らしはじめるまでは朝食はあまりとらなかったみたいだが、今は私に合わせて食べる日も増えた。

思っていたよりも食欲旺盛《おうせい》で、いったいどうやってあの体形を維持しているのか気になる。

彼は早々に食べ終えると、私が食べるのをじっと見ていた。

う……食べづらい。

「元気そうだな。どこか痛いところはない？」

心配そうに視線が私の体を確認している。

「はい。気になるようなことは特に何も」

少し尻もちをついたくらいだ。

「私よりも柾さんはどうですか？　事故って時間が経ってから不調が出たりするって聞くので」

「俺の運の良さと運動神経の良さをなめてるな。まぁ、せっかく買ったコンビニスイーツはダメにしてしまったけれど」

彼が肩をすくめて笑ってみせたので、ほっとした。

「今度また買いに行きましょう。今度は車に気を付けて」

「あぁ、そうしようか」

私が食べ終えると、ふたりでお皿を洗う。といっても食洗器に並べて入らないものを手で洗うのでそこまで手間ではない。それにもかかわらず彼は一緒に洗うと言って隣にいる。

「寿々、ちょっと袖が濡れそう」

「あっ。待ってくださいね」

彼の袖が水に濡れそうになっている。それを折ってあげるとこめかみにキスが落ちてきた。

「隙《すき》ありっ」

「……っ」

こんなときに何をするのだ、という気持ちを込め彼を軽くにらむ。

「気を抜くとこういうことになるから、気を付けるように」

「気を付けたらできなくなりますけど、いいんですか？」

「それは困る」

彼があまりにも真剣に言うので、思わず吹き出してしまった。

「さて提案なんだけれど。来週の週末は時間ある？」

「はい。特には予定はないですけど」

時間があれば琴音さんのところに顔を出そうと思っていたくらいだ。ただ最近は西村さんと会っていることもあるので、あまり邪魔はしたくない。

「それなら、俺につき合ってほしい。ちょっとしたパーティーがあるんだ」

「パーティー？」

「そう。仕事関係のパーティーなんだけど、パートナーとして参加してほしい」

パートナーとして。

その言葉に少し緊張してしまう。

昨日自分で彼の隣にいたいと伝えた。だから彼が私を誘ったのだ。だが仕事関係のパーティーっていきなりすぎる。

彼は〝ちょっとした〟パーティーと言っていたけれど、いったいどういう規模のものだろう。軽く言っているけれど、甘くみていると痛い目に遭いそうだ。

事前にいろいろ教えてもらっておいた方がいい。

「あの、私そういった場所に参加したことがなくて」

「いいね。寿々の初めてを俺が奪う。今、俺の独占欲がすごく満足してる」

「いや、そういうことじゃなくて」

彼の独占欲を満たすよりも大切なことがある。

「わかってる。誰でも初めては緊張するよな。でもこれから先、寿々以外をパートナーとして公《おおやけ》の場に連れていくつもりはないから。だから慣れてほしい」

これから先を約束する言葉に、緊張よりもうれしさが勝った。

「そう言われると、頑張るしかないじゃないですか」

「ありがとう。寿々のそういうところ、好きだよ」

彼がまた私のこめかみにキスをしようとしたので、慌ててよけた。

「残念」

お皿洗いを終えタオルで手を拭いた彼が、スマートフォンを取り出してどこかに連絡している。

「さて、着替えて出かけよう。来週のパーティーで着る服を調達しよう」

「はい、すぐに準備します」

そうだ、そういったフォーマルな場所に出るような服は、自宅にもない。

彼に恥をかかせるわけにはいかないので、彼の提案は私にとってありがたい。

私は自分の部屋に戻って、コンサートのときに買ってもらった洋服に着替えて、リビングで待っている柾さんに声をかけた。

「お待たせしました」

「いや。じゃあ行こうか」

彼が手を差し出したので、私は一瞬戸惑ったけれど彼の手を取った。

ぎゅっと握ってくれる大きな手。彼の一番近くにいると感じる。

「それ、着てくれてるんだな」

彼は私の今日の装《よそお》いを見てほほ笑んだ。

「はい……以前のようなお店なら、きちんとした服がいいかなって」

「別に気にしなくていいのに。でも俺が選んだ服を着てくれているのはうれしいな」

小さなことなのに、喜んでくれる。

こういうところも好ましい。

「今日は自分で選んでもいいし、俺が選んでもいいけど」

「柾さんにお願いしたいです」

正直どんな規模のパーティーで、どんな人たちが集まるかわからない。

「了解。俺好みにできるなんて彼氏の特権だな」

彼氏……その単語になんだかドキッとしてしまう。間違っていないんだけれど、私にとってその呼び方が特別すぎるのだ。

でも彼のそばで前を向くって決めたから。

私がつながれている彼の手をぎゅっと握り返すと、彼は少し振り向いて笑った。

彼の運転で連れて来てもらったのは、この間のサロンだ。

「気になったんですけど、ここってお店なんですか?」

看板などは一切ない。

地図を頼りに来たら通り過ぎてしまうかもしれない。

「正確には違うな。懇意《こんい》にしているスタイリストの事務所。声をかければたいていのものはそろうから重宝《ちょうほう》しているんだ」

そもそも懇意にしているスタイリストが存在すること自体が想定外だ。私の周囲に専属のスタイリストがいる人はいない。

「そうなんですね」

「違うところがよければ、別のところに案内するけど」

「とんでもないです。私おしゃれとかに疎《うと》いので、ぜひお願いしたいです」

「それならよかった。ほら、行こう」

車から降りて、彼に手を引かれるままサロンに入った。

「鏑木様、幸田様、お待ちしておりました」

「こんにちは」

私は自分の名前まで呼ばれるとは思っておらず驚いた。

そういえばこの間、顧客《こきゃく》カードにもろもろ記載したのを今更思い出した。

「先日のお洋服ですね。とてもお似合いです」

「ありがとうございます。今日もよろしくお願いします」

さすがプロ。すぐに今日の洋服が先日こちらで選んでもらったものだとわかったみたいだ。

「こちらにおかけになってお待ちください。準備しますね」

先日も対応してくれた四十代後半くらいの女性が奥に入っていった。入れ替わりに別のスタッフが紅茶と焼き菓子を持ってきてくれた。

「ありがとうございます。おいしそう」

思わず声が漏れた。

「寿々は花より団子だな」

「そ、そうじゃないんです。洋服も楽しみですよ。もちろん」

自分の興味は着飾ることよりも食べる方にあるのは否定できないけれど、指摘されると恥ずかしい。

「俺の分もどうぞ」

「そんなに食いしん坊じゃないですから」

そう言いつつ食べると、すごくおいしくて思わず目を見開いてしまった。

「ほら、これも」

彼が私の口元にお菓子を持ってきたので、手で取ろうとすると口を開けるようにと首を振られた。

こういうときの彼の目には、絶対にゆずらないぞという強い意志を感じる。

私は一応周囲に人がいないか確認して、それから口を開けた。

そこに彼がスノーボールクッキーを放り込んだ。

「おいしい?」

私は咀嚼しながら頷く。恥ずかしくて顔を上げられない。

「あら、お邪魔でしたか?」

「い、いえ！　全然お邪魔じゃないです」

声がかかって私は驚いて飛び跳ねた。

そんな私を見て彼はくすくすと笑っている。

本当にもう心臓に悪い。

「お似合いになりそうなものを、いくつかお持ちしました」

何点か見やすいように壁にかけてくれた。

華やかでどれも素敵だ。けれど巷《ちまた》の流行すらわからない私に、ドレスの流行なんてもっとわからない。

その上どういうものが自分に似合うのかも、まったく知らないのだ。

「あの……ここにあるものならどれを着ても問題ないってことですよね」

隣にいる柾さんに念のため尋ねてみた。

「あぁ。そのためにプロに任せているんだから。君は自分が好きかどうかだけ考えればいいよ」

「本日は二度目ですので、前回よりもさらに自信を持っておすすめできるものばかりです」

柾さんとスタイリストさんのふたりにそう言ってもらえてほっとした。

「でもやっぱりよくわからないので、柾さんがいくつかに絞ってもらえますか？」

「わかった。そこから試着して決めよう」

彼は私のお願いを聞いて、すぐに五点ほどをチョイスした。それらを私はフィッティングルームで試着する。

「お手伝いしますね」

凝《こ》ったデザインではあるが故、ファスナーやボタンなど自分ひとりで着るのは難しい。手伝ってもらっているときにこっそり聞いた。

「似合っていますか？」

「もちろんでございます。鏑木様は幸田様のことをよく理解されているようですね」

「そう……ですね」

プロが言うのだから、間違いないのだろう。似合っていなければきっと遠まわしに教えてくれるはずだ。

とりあえず柾さんの前に出るのに、まったく似合っていないということはなさそうだ。

「髪がすごく綺麗なので、当日はダウンスタイルがよろしいかと思います」

「アドバイスありがとうございます。叔母が美容師なので伝えたら喜びます」

私の髪の手入れは琴音さんがずっとやってくれている。

「とても大切にされているのが伝わってきます」

「うれしいです」

琴音さんが手間暇かけてくれたことを褒められると、自分のことのようにうれしい。本当に自慢の叔母なのだ。

「お肌ももう少しだけお手入れをすれば、もっと魅力的になりますよ」

「はい。頑張ります」

私は痛いところを指摘されたと思い、今日から一週間できる限りのことはやろうと決心した。

フィッティングルームから出ると柾さんが手元のスマートフォンからすぐに私に視線を移した。

「いいじゃないか。すごく似合っている」

「本当ですか？　少し派手な気がするんですけど」

パーティーなので、このくらいは普通なのだろうか。

フレンチスリーブでデコルテがあらわになっている濃紺のサテン生地のドレス。胸下の切り替えのところには豪華なビーズを使った緻密《ちみつ》な刺繍が施されて目を引く。ひざ丈のスカートにはビーズに合わせてシルバーのヒールが用意されていた。

「全然派手じゃないよ、華やかっていうんだ。俺は気に入った」

「それならこれにします」

「他のは試着しなくていいのか？」

「私もこれが一番いいと思っていたので。柾さんがいいって言うならこれがいいです」

鏡の前でくるっと回ってみる。

いつもの地味な私とは違う自分にうれしくなる。

「では、ウエストのあたりを少し詰めた方がよろしいかと思います。明日にはご自宅に発送いたしますので、届きましたらもう一度ご確認ください」

「はい、わかりました」

私はもう一度フィッティングルームに戻るとドレスを脱いだ。

外に出ると、柾さんが自分の服を選んでいた。今回も色味を私に合わせているようだ。

座ってひと息ついていると、紙袋を持ったスタイリストさんが戻って来た。

「差し出がましいかと思ったのですが、よければこちらお使いください。化粧品です」

「わざわざ、ありがとうございます」

「お肌に合えばいいんですけど。手順はこちらに書いてあるので参考にしてくださ
い」

説明書まで丁寧に付けてくれている。本当にありがたい。

「この分のお支払いは……あの、カードが使えますか？」

洋服の代金は、柾さんはきっと受け取ってくれない。だから化粧品くらいは自分で
買おう。

「いいえ、こちらは私からのプレゼントです」

「え……でもこんなにたくさん、いいんですか？」

サンプルとは違う。全部立派な商品だ。

戸惑っていると、フィッティングが終わった柾さんが顔を出す。

「いいから、もらっておけばいい。利益はちゃんと計算しているはずだ」

「そう……なんですか」

「今後ともご贔屓《ひいき》に、なにとぞお願いいたします」

スタイリストさんもにっこりと笑っている。

どうやら柾さんの言う通りらしい。

「俺のも一緒に送っておいて。今日は助かった」

「かしこまりました。またお待ちしております」

綺麗な角度のおじきをされて見送られた。

最初から最後まで、私の知っているショッピングとは違ったけれど、これが彼にとっての普通なのだ。

いつか慣れる日がくるのだろうか。そうだとしてもずっと先のように思えた。

「さて、野暮用は済ませたし、これからデートしませんか？　寿々さん」

車に乗り込んだ途端、彼がハンドルに腕を載せてこちらを見た。

「デートですか？」

もちろん断る理由なんてない。

思わず顔が緩んだ。それを彼は見逃さない。すっと彼の手が伸びてきて人差し指でその頬をつつかれた。

「楽しいデートにしよう」

そう言った彼が連れてきてくれたのは、横浜《よこはま》だ。比較的スムーズに車が流れ、そう時間がかかることなく到着した。

「どこに向かっているんですか？」

「ん？　ふたりっきりになれるところ」

意味ありげな視線を向けられてドキッとしてしまう。

行き先がわからなくったって、彼と一緒ならどこでも楽しいはず。

確信を持った私は、目的地までのドライブも楽しんだ。

潮風に髪が巻き上げられる。

寒いけれど、目の前に広がる海にわくわくする。

到着したベイエリアに車を止める。

柾さんは迷うことなく、たくさんのクルーザーが停泊しているマリーナの管理事務所に向かう。

寒い時期だからか、そんなにひとけはなかった。パラパラと人がいるだけだ。

柾さんは管理事務所で手続きを済ませると、一度車に戻ってトランクから荷物を取り出し、私の手を取って歩き出した。

一隻のクルーザーの前で彼が足を止めた。そこには五十代後半くらいの、よく日焼けした男性が待っていた。

柾さん曰《いわ》く、クルーザーの管理を任せている人だそうだ。

「こんにちは。急にお願いして悪かったね。状態は問題ない？」

「はい。先週メンテナンスしたのでばっちりです、ゆっくり楽しんでください」

人のよさそうなおじさんに見送られて、私は柾さんの操縦で海に出た。

最初は揺れる船の中歩くのも大変だったのだけれど、すぐに慣れた。

冷たい風が頬を刺す。

いつもならすぐに暖かいところに避難するだろうけれど、今は好奇心が勝っていて、クルーザーを操縦する彼の様子をまじまじと見つめた。

「はぁ……すごい。船の免許も持ってるんですか」

サングラスをかけた彼が手慣れた様子で、クルーザーを走らせる。

「数少ない趣味だな。そういえば寿々は、車は運転できるのか？」

「……免許は持ってますよ」

微妙な間があったことで、いろいろ察してくれたようだ。

「わかった。車も船も俺の助手席に乗っていればいいから」

「ではそのお言葉に甘えます」

免許を取ったのも、大学生のときだ。もう何年もハンドルを握っていない。今更運転できるかと言われれば怪しい。

その上私の不幸体質を考えると、周囲に迷惑をかけそうなので最初から運転しないという選択をするのは賢いはずだ。

十一月の寒空の下、クルージング？　と一瞬は思ったけれど、キャビン内は暖かく快適だ。

というか、ここは本当に船の中なの？　と思うほど豪華だ。

さすがに船の中なのでそこまで広くはないが、大きなソファにテーブル、簡易キッチンには電子レンジや最新式のコーヒーマシンなどがそろえられている。

シャワー室やベッドも備え付けられており、ゆっくりとした時間を過ごせそうだ。

操作盤の前で、はるか海原《うなばら》を眺めつつ彼がいろいろと説明してくれた。

「車のハンドルみたいなんですね」

彼の操縦する手元に注目する。

「どんなのを想像してたんだ？」

「もっとほら、面舵《おもかじ》いっぱい！　みたいな感じなのかと」

これまで船とはまったく縁がなくて、操縦しているところを実際に見るのは初めてだ。私の中での船の知識は、小さい頃に見た海賊が出てくるファンタジーもののイメージが強い。

「ははは、それだとまるで大航海時代だな。今はもっと簡単になってる。おっと、言わない方が尊敬されたかかな」

「いえ、聞いても尊敬します。はぁ、すごい」

さっきまでいたマリーナが、もうずいぶん遠くになっている。

みなとみらいがどんどん小さくなっていく。

ある程度沖合に進み停泊すると、ふたりでデッキの外に出た。

柾さんが持ってきていた荷物の中に入っていたコートを羽織っていても少し寒い。

それでもこの眺めを堪能《たんのう》しないなんてもったいない。

私がデッキで景色を眺めていると彼が背後から抱きしめるようにして立った。

「観覧車、もう少ししたらライトアップしますか？」

「どうだろうか、日没と共に点灯するはずだけど。もう少ししてから見てみようか」

手すりにつかまっている手に、彼の手が重なる。

「少し冷えたな。中に入ろう」

「はい」

彼に言われるまま、キャビンに入る。

「冷蔵庫にいろいろ入ってるはず」

彼に言われて中を覗く。そこにはオードブルのようなフィンガーフードの盛り合わせがある。でもとりあえず今は体を温めるのが先だ。

「あったかいのがいいですよね。コーヒーと紅茶どっちがいいですか？」

「じゃあコーヒーにしようかな」

「わかりました。少し待ってくださいね」

初めて使うコーヒーマシンなので、ちょっと時間がかかる。

その間彼はゆっくりと窓から外を眺めていた。

「少しのんびりできますね」

コーヒーをテーブルに置く。

「あぁ、そうだな。来週はみっちり出張だから、今日は寿々に癒やしてもらうよ」

「癒やしに……なればいいんですが」

トラブルが起きないとは言い切れない。タイミングよくトラブルを起こすのが私だ。

「何があっても、寿々といれば癒やされるんだ。そんな自信のなさそうな顔するな」

「はい！」

彼には私の心配はお見通しだったらしい。私も彼と一緒にいるだけで楽しい。彼も似たような気持ちだと言われて心があったかくなる。

彼の隣に座って、カップの中のコーヒーに息をかけ冷ましながら飲む。冷えた体にあったかいコーヒーがしみこむ。

「おいしい」

彼もおいしそうに飲んでいたが、すぐに冷蔵庫のところまで行き、食べ物を用意してくれた。

「あ、私も手伝います」

「いいから座って。コーヒー用意してくれたし」

「じゃあお願いします」

素直に甘えて座っていると、カトラリーを含めて彼が全部準備をしてくれる。

テーブルまで運んでもらったものを並べて、彼が炭酸水をグラスに注いでくれた。

「さぁ、食べようか」

「はい」

準備ができてふたりで食べはじめる。

「ん、おいしい」

「そうか。適当に頼んだだけどよかった」

自分では絶対に作らないかわいらしい料理たちに舌鼓《したつづみ》をうつ。

「柾さんが食べさせてくれるものはどれもおいしくて、ちょっと料理を振る舞うのを躊躇《ちゅうちょ》してしまいます」

「どうして？　寿々のご飯からはおいしい以外の感情も接種できるから、時間があるときは作ってもらえるとありがたい」

そんなふうに思ってくれていたのかと、新しい発見だ。

「わかりました！　頑張ります」

琴音さんと暮らしていたときもそうだったけれど、自分が誰かのために何かできるのがうれしい。

それからあれこれ話をしていると、日没が来て観覧車がライトアップした。

「柾さん、あれ」

外に飛び出した私はデッキから観覧車を見つめる。

何度か見たことのある観覧車。それでも海の上から見るのは雰囲気が違ってとてもいい。

そんな私を彼が追い掛けてきた。

「こら、ちゃんとあったかくしなさい」

彼が苦笑しながら、私に上着を着せてくれる。

「すみません」

ついつい美しい景色に興奮してしまった。

彼も上着を来て隣に座った。

「本当に綺麗ですね。こういうのゆっくり見るの久しぶりです」

船の揺れが心地よい、開放的な空間に心が弾むがそれと同時になんだか感傷的になり、その気持ちを口にした。

「なんとなく、自分だけ楽しむのに罪悪感があって」

いつでもそうだ。ずっとそう思って生きてきた。

「寿々が幸せになることを誰よりも望んでいるのが俺で、その次は琴音さんだ。だから全力で楽しめばいい」

彼が私の手に手を重ねた。

「たくさん笑ってほしい」

彼がゆっくりと私の頬に触れた。お互いの視線が絡む。瞳から彼の優しさが伝わってくる。

「変わるのは寿々だけじゃない」

私は顔を上げて彼を見る。

「俺だって、こんなにひとりの子に夢中になるなんて思わなかった。大事にしたい」

私は彼の言葉に応えるように、添えられた手に頬を擦り寄せた。

「寿々、好きだよ」

近付いてきた彼に応えるように、私はゆっくり目を閉じた。

最初、優しく触れるだけだった唇。すぐに離れて見つめ合う。するとお互い引き寄せられるように、もう一度唇が重なった。

食《は》むように深く口づけられる。息苦しいけれど離れたくない。息継ぎのために薄く開いた唇の間から、彼の舌が差し込まれた。

驚いてビクッと体が震えたが、やめてほしくなくて私は彼の背中に手を回し、ぎゅっとしがみついた。

私の意思が彼に伝わったのか、彼はキスをより深めた。

風が冷たい。でも体が熱い。鼓動が早すぎてうるさいくらいだ。

夢中になって彼のキスに応える。唇が離れても思考が定まらず、うっとりと彼を見つめた。

「寿々、中に入ろう」

彼の目が私を誘う。私は素直に彼の誘惑にのった。

キャビンの中には大きなベッドがある。彼は船上の不安定な足元をものともせず、私を抱き上げて力強い足取りでベッドに向かった。

ふたり分の体重を受けとめたベッドがきしむ。間近に迫る彼の顔をじっと見つめた。彼の熱い瞳の中に自分が映っている。

彼の視界を、私が独占していると思うとそれだけで胸がいっぱいになる。

まばたきするのも、もったいなくて、今の彼のすべてを脳内に焼き付けたい。

そう思っていたのも束の間、彼の奪うようなキスが思考のすべてを停止させた。

遠慮なく差し込まれた舌に、彼の性急さが伝わってくる。それがうれしくて胸がときめく。こんなにも彼が私を欲してくれている事実が私の本能を刺激する。

「んっ……ん」

必死になって彼に応えた。擦り合わせた舌の熱さに体の芯に火がつく。そこからじわじわと体全体が熱くなる。

気が付けば彼のキスが首筋に降りていた。舌先でくすぐられ肩が震える。背中からぞくぞくと駆け上がってくる快感、未体験の感覚に戸惑う。

その間に彼が私をひっくり返した。洋服のファスナーに手をかけて一気に引き下ろす。あらわになった素肌に彼が口づけた。

「んっ」

くすぐったくてビクッとすると、彼が小さく笑った。

するすると洋服が脱がされていく。

初めて彼に素肌をさらす羞恥心《しゅうちしん》が体内で燃える。

「寿々は、どこもかしこも柔らかい」

彼が私を元に戻した。彼と目が合うとにこっと笑ってくれた。ドキドキしているけれどその笑顔が安心感ももたらす。

彼が自分のニットを脱いだ。

急に現れた彼の裸体にはっとする。

熱のこもった彼の瞳に射抜かれる。

その目に魅入られたまま、彼の体に手を伸ばし綺麗な鎖骨に触れた。くすぐったそうに体を震わせた彼。私は反応をみせてくれたことがうれしくて、指先を彼の体に滑らせる。

「寿々」

私の指を彼がつかんで止めた。

「それ、俺を煽ってるって、わかってる?」

私は首をひねる。

「そうやって寿々が俺に火をつけるなら、もう我慢しないから」

私は頷いて、笑ってみせたつもりだ。ただきっと緊張でぎこちなかったに違いない。

自分の気持ちを伝えようと彼の背中に手を回し、ぎゅっと抱きしめた。

不器用すぎて自分の気持ちを伝えるすべを知らない。

これで伝わったらいいのに。

するとそれが合図になったかのように、彼の動きに遠慮がなくなった。

いつも私の手を取って導いてくれる大きな手。それが今素肌の上を這う。体のいたるところにキスをされ、体が熱くてたまらない。

自然と体が反応し、自分のものとは思えない恥ずかしい声が漏れる。

「あぁ……っん」

慌てて私は口元を覆ったが、すぐに彼の手がはぎとった。

「もっと、かわいい声聞かせて」

彼は少し意地悪な笑みを浮かべたかと思うと、私すら知らなかった敏感な部分を刺激する。

そんなことされたら……我慢できない。

私はすぐに抵抗を諦めた。

もう彼の思うままにしてもらおうと。

自分が自分でないような感覚。さっきから羞恥心すら感じられず、ただ与えられるものに翻弄《ほんろう》され続ける。

「あっ……あぁ」

大きな波が押し寄せて、そしてはじける。頭の中が真っ白になった。ぎゅっと閉じた瞼の裏に火花が散る。

「はぁ、かわいい」

彼が耳元で熱のこもった声でささやく。

私は荒くなった呼吸をなんとか整えた。

「ひとつになりたい」

とうとうという気持ちと、少し怖い気持ちがある。

でも彼を好きだと思う一番大きな気持ちを伝えるために、私はしっかりと頷いた。

彼は私を安心させるように、額にキスを落とした。

私の様子を見ながらゆっくりと中に入ってくる。

「痛くないか？」

「少し、でも大丈夫なのできてください」

うそをついてもどうせばれてしまう。

「わかった」

彼は今度は私をあやすように鼻先にキスをした。そのとき彼の頬を伝って汗がひとつ落ちた。

胸が熱くなる。

彼が私を欲してくれているのが伝わってきた。

きっとこの先何があってもこの日を忘れることはないだろう。

彼の与えてくれた愛は、私の胸に深く刻み付けられた。

彼の腕に包まれて、波の音を聞いていた。

恥ずかしさもあって、彼の胸に額を押し付けると、ぎゅっと抱きしめてくれた。

「体、大丈夫か?」

「少し違和感があるくらいです」

「そうか、つらかったら言って」

私が頷くと、彼はベッドから出た。

しばらくするとミネラルウォーターを持ってきてくれた。

体を起こしてグラスを受け取ってごくごくと飲んだ。このときになってのどが渇いていたのだと気が付いた。

「まだ飲むか？」

「いいえ。ごちそうさまです」

私のグラスを彼が持っていく。正直まだ動ける自信がないので助かる。

「次はこれ。手を出して」

右手を出す。

「そっちじゃなくて、こっち」

彼は私の左手を取ると、薬指に指輪をはめた。

「え……」

「ぴったりだな」

彼は満足そうに笑って私を見た。

「いつ渡そうか考えていたんだけど、今渡したくなった」

私は自分の左手の薬指に輝く指輪を見て固まってしまった。

眩しく輝く大きな石。シンプルだからこそ石の存在感が半端ない。

「綺麗です。素敵、でもこんなに立派なの私には似合わないんじゃないかと」

「何を言っているんだ。俺が寿々のために選んだものが似合わないわけないだろう？」

自信満々に彼が言うから、私は納得するしかない。

豪華すぎるという気持ちは消えないけれど、彼が私のために選んでくれたことを無駄にしたくない。

「ありがとうございます！」

うれしくて感情のまま彼に抱き着いた。

「そんなに喜んでくれるなら、もっと買おうかな」

「それは……困ります。普段は着けられないですし」

今度のパーティーみたいな特別な日に着けるものだろう。そう思っていたのに。柾さんは眉間に皺を寄せた。

「……なんだって？」

「え、だって。こんな高いもの着けて仕事に行けませんよ」

普段から身に着けるなんて物騒すぎる。それに傷でもついたら立ち直れそうにない。

「それじゃ意味がない。虫よけにならないじゃないか」

「そんな虫よけなんて必要ないですよ」

何を言いだすのかと思えば虫よけなんて大げさだ。これまでそんなものが必要な状況など一度もなかったのに。

「君は自分の価値を甘くみている。それに俺は最近気が付いたんだけど、かなり独占欲が強いらしい」

「本当にそんな必要なんてないのに」

その後、指輪を着けるか着けないかと押し問答した。結果仕事のある日は着けなくても構わないという話になった。私からしたら当然の結果だ。こんな高価なものを普段から身に着けるなんて物騒で仕方ない。

「じゃあ、代わりに」

彼はそう言うと、私をベッドに押し倒して、首元に何度か口づけた。

「これで安心だな」

そのときは彼が何を言っているのかわからなかったけれど、シャワーを浴びるときに鏡に映る首元に付いた赤い印を見て虫よけの意味を理解した。

第五章

一週間がこれほど短いと感じたのは、初めてかもしれない。

仕事から帰ったら最低限の家事をこなして、自分磨きに精を出す。

ちなみにこんなに美容に気を使うようになったのは、柾さんとつき合いはじめてからだ。

これまでは髪には気を使ってきたけれど、その他はあまり気にしたことがなかった。

動画を検索して、有名な美容家からインフルエンサーまで様々な人の発信する美容法を試していく。

お水をたくさん飲み、塩分を控え、時間さえあればストレッチやマッサージを施す。

たった一週間でどんな成果が出るかわからないけれど、何もせずにはいられなかった。

「肌に触れるときは、優しく優しく」

自分に言い聞かせながら、手を動かす。

ちょうど征さんが出張で助かった。

この広い家では少し寂しいけれど、今はいろいろ忙しいし、マッサージ中の顔を見られるのは恥ずかしい。

とにかくやれることだけはやらなくちゃ。

サンフランシスコにいる柾さんとは、時差の関係でなかなか連絡が取りづらい。

一昨日の昼休みに電話があった。これから会食だと言っていた。

向こうの時刻だと二十時くらいのはず。そこからまだ仕事をするなんて本当にすごい。

私が眠る前にメッセージを送ると、早朝のはずなのにすぐに返事があったりする。いったい、いつ眠っているのか心配になる。

そこでふと気が付いて、マッサージの手が止まる。

私は気が付けば柾さんのことをずっと考えている。自分以外の人のことを考えてこんなに時間を過ごすなんて、以前の私なら想像すらできない。

そんな自分に驚いた。これが恋をするってことなのかもしれない。

苦手だと思っていた美容も、本当は行くのが怖いパーティーも、彼が望んでくれるなら応えたいと思う。

喜んでほしいから。そして彼が喜んでくれると私もうれしいから。

この間まで恋に怯《おび》えていた自分からは想像できない。

でもこんなふうに彼を思うようになれたことを喜ばしく思う。

「さぁ、もうちょっとだけ頑張ろう」

私は自分を励ましつつ、パーティーに向けて準備をした。

ヨガマットを敷いて、体を伸ばしていく。

あとちょっとでつま先まで手が届きそう。イヤフォンからはタブレットの中のインストラクターの励ましの声が聞こえてくる。

「う……痛い……」

運動不足がたたって、思ったよりも体が動かない。昔はもっと体が柔らかかったのに……。

思わず声が漏れた次の瞬間、目の前に柾さんの顔がいきなり現れた。

「きゃあ！」

私は慌ててイヤフォンを取って、彼の顔を見る。

「ただいま」

にっこりほほ笑む彼と、驚きで目を丸くする私。

「お、おかえりなさい。急に現れるからびっくりしちゃった」

戻ってくる予定は、明日だったはずだ。

「驚かせようと思って、こっそり帰国したんだ。大成功だな」

彼は楽しそうにくすくす笑っている。

「無事でほっとしました」

やっぱり顔を見るまでは心配だ。元気そうでよかった。

「寿々は、困ったことはなかった？」

「はい」

「それはよかった。俺は風呂に入ってくるから続けて」

「いや、もう……終わります」

……恥ずかしいところを見られてしまった。私はさっさとヨガマットから降りて、片付けた。さすがに柾さんの前でやるのは恥ずかしい。

「続けててよかったのに」

「い、いえ。今日のノルマは終わったので」

本当は違う。

インストラクターと同じポーズが取れずに泣きそうになっていたのだ。

「じゃあ、俺はシャワー浴びてくる」

「わかりました。後で軽く食事しますか？」

「あぁ、助かるよ。楽しみだ」

柾さんが帰国したときのために、材料を買っておいてよかった。簡単なものしかできないけれど、彼がシャワーを終えた後いつでも食べられるように私は準備をした。

軽い食事を準備し終わる頃、シャワーを終えた柾さんがダイニングテーブルに座る。入れ替わりに私がバスルームに向かった。

バスタイムも自分磨きに精を出す。

〝美人は一日にしてならず〟

なんて聞いたことがあるが、私は今それを切実に実感している。先ほど酷使《こくし》した筋肉をバスタブでほぐしながら、出た後のスキンケアの手順をおさらいした。

お風呂から出た後すべての工程を終了して、柾さんのいるリビングに向かう。彼はすでに食事を終えて、食べ終わった食器もすべて片付けてあった。

リビングでタブレットを眺めて、難しい顔をしている。まだ仕事をしているみたいだ。

「柾さん、お茶淹れましょうか？」

「あぁ、頼む」

彼の好みはコーヒーだけれど、もう夜遅い。出張帰りだからしっかり休息してもらいたい。

考えた私は、今回の美容の研究で知った、リラックスできるハーブティーを準備した。

「いい香りだな」

「眠る前にはいいみたいですよ」

彼の隣に座って、私も同じお茶を飲んだ。香りがよくて体も温まる。

ただそれを飲んでいる間も、彼は眉間をもんだりして疲労を感じさせた。

そうだ……あれがあるっ！

「柾さん、気持ちよくなりたくないですか？」

思いついた私は、彼の顔を覗き込む。

彼は一瞬驚いた顔をして、ちょっと視線を私からそらした。

「今日はやけに積極的だな」

「え……？」

彼に指摘されて、どうやら誤解が生じているのに気が付いて焦った。

「ち、違います。そういう意味じゃなくて」

誤解されて恥ずかしい。一気に頬に熱が集まった。

「なんだ、残念だな」

本当に残念そうにされた。でも彼は私の申し出を気に入ってくれるはず。

「ヘッドマッサージ、受けてみませんか？」

「ヘッドマッサージ？　寿々がしてくれるのか？」

「その通り。琴音さん仕込みなので自信があります」

ちょっと意外そうにしている柾さんをソファに寝転ばせると、バスタオルを使って枕《まくら》を作り彼の頭の下に入れた。

「角度大丈夫ですか？」

人によって心地いい高さが違うので調整をしようと尋ねる。

「ん～もうちょっと高い方が好みかな」

「じゃあ、バスタオルもう一枚取ってきますね」

「いや、必要ない。寿々の膝があるから」

膝？

一瞬わからなかったけれど、どうやら彼は膝枕での施術を所望《しょもう》しているようだ。

「でも、それでは首が疲れませんか？」

恥ずかしさもあるけれど、彼がリラックスできなければ意味がない。

「俺は、寿々の膝でリラックスしたいんだけど」

「わかりました。でも苦しくなったら言ってくださいね」

そこまで言われて断るのもなんだか心苦しい。

好きにさせてあげるべきだろう。

私はさっき片付けたヨガマットを出してきて、そこに毛布を敷いた。

端っこに座って膝にタオルを載せた。

「どうぞ」

私が膝を差し出すと、彼はゆっくりと頭を載せた。お互いに目が合うとなんだか照れくさい。

「タオルかけますね」

美容院でシャンプーをするときのようにタオルをかけようとした。

「いや、いらない。寿々の顔が見られなくなる」

「……そんな、見る必要ありますか？」

見られると、変に緊張してしまいそうだ。

「もちろんある。寿々の顔を見ることでリラックスできるだろう」

「そんなことで、リラックスになりますか？」

「俺が言ってるんだから、間違いない」

少々強引だと思うけれど、ここで言い合っても仕方ない。

ちゃんとした施術ができるか心配だけど、彼のためなのだから希望する通りにした方がいい。

「わかりました。ではこのままはじめますね」

まずは側頭部に手を当てて前後に動かしてほぐしていく。

「痛くありませんか」

「あぁ、すごく気持ちいいよ」

さっきまで私を見るなんて言っていたのに、今は目をつむって気持ちよさそうにしている。

一定の力を加えて、耳の後ろや首筋をマッサージしてリンパを流していく。

場所によって力加減を変えながら、ゆっくり時間をかけて頭全体をほぐす。彼の表情を見ながら強弱を加える。

「すごく、気持ちいいな」

「琴音さん仕込みなんです。マッサージは合格点もらってるんですよ」

美容師の資格を持っていないので、お客様に施術はできないが、琴音さんにはよくやってあげていた。

最初は見様見真似《みようみまね》だったけれど、琴音さんが『上手だ』と褒めてくれるのがうれしくて、練習するうちにどんどん上達していったのだ。私の特技のひとつといえる。

心を込めて柾さんの髪の中に指を滑らせる。最後に耳のマッサージをしたときは最初こそくすぐったそうにしていたけれど、最後は全身の力を抜いて気持ちよさそうにしていた。

「おしまいです」

「はぁ、すっきりした。目のあたりが重かったのが楽になった気がする」

私の膝の上で、ちょっと驚いたように笑っている。

「よかった。いつかやってあげたいと思っていたんです。いつもお世話になってばっかりだから」

この部屋に急に転がり込むことになったりと、彼からいろいろしてもらっているのに、私は何もできてない。ご飯を作ったりしているけれど、自分も食べるし、これまでも琴音さんのために作っていたから負担にもなっていない。

あと自分にできることが、マッサージくらいだった。

「そんなふうに思っていたのか」

柾さんは体を起こして私の顔を覗き込んだ。

「西村は喜んでいたけどな。これまで仕事ばかりしていた俺が、ちゃんと食事や睡眠をとるようになったって。これって寿々のおかげだろう。それに何より、寿々といると俺が楽しいんだ。それって俺も〝いろいろしてもらってる〟ってことにならない？」

「なるのかな？」

「なるんだよ。俺が言ってるんだから」

ちょっと強引だと思うけれど、彼の優しい気持ちを受け取った。

「じゃあ、次は俺の番だな」

「えっ？」

戸惑う私をよそに、彼の手が私の頬に伸びてきた。

「俺だって、寿々に気持ちよくなってもらいたいんだよ」

彼のしなやかな指先が頬を伝い顎《あご》をくすぐる。ただそれだけなのに体の奥が熱くなってくる。

しっかりとそういう意味を込めた触り方だ。

短い間に、私の体がそれを覚えてしまった。

「ベッドルームに行こうか」

私は彼の誘いに、静かにでもしっかりと頷いた。


そしてとうとう迎えたパーティーの当日。

十二月になり柾さんはどんどん忙しくなっているようだ。西村さんがスケジュールの調整に苦慮《くりょ》している。

それは社交が多くなる時期だというのも理由のひとつだろう。

数多《あまた》届くお誘いを厳選して参加しているようだが、それでも毎日帰りが遅い。

今日私は、彼の仕事の一片を知ることになるのだけれど。それよりも自分が失敗しないかどうかが気がかりだった。

私は西村さんの運転する車の後ろの席に、柾さんと並んで座っていた。

そして今、彼は声を上げて笑っている。

「ははは、俺がどこの馬の骨かもわからずにつき合うって決めたのは豪快だよな?」

「そんな馬の骨だなんて、思ってませんでしたよ」

実は私、柾さんがどんな会社で社長をしているか、つき合うと決めるまで知らなかったのだ。

もちろんそれなりの地位にいる人だとは理解していたけれど。

正直最初に聞いたときは、驚きで声が出なかった。

「俺もわざわざ言わなかったからな。悪かった」

「私も鏑木さんのお孫さんっていう立場で出会ったので、それ以上は気にならなかったんです。私にとってはどんな仕事をしていても柾さんは柾さんなので……それがまさか鏑木テクニカを経営されているなんて思いませんでした」

私にとっては彼が健康で過ごしているならば、どこでどんな仕事をしていても問題ではないと思っていた。

「ただ忙しそうにしているから、体は大丈夫かなって」

事実一緒に住みはじめてからも、早朝から深夜まで働いている姿を見ている。

彼自身や鏑木さんの様子から、ある程度の規模の会社だとは思っていた。しかし鏑木テクニカ株式会社とは想像以上だった。私でも知っている専門商社だ。連結子会社が何社もある。

柾さんとつき合う以上覚悟はしていた。環境の違いは努力でなんとかなるだろうと。

しかし私の考えは甘かった。

鏑木テクニカとなると話は違う。彼には伝えていないが私はそれを知った途端に自信がなくなった。今日のパーティーもそうだが、今後彼の隣にパートナーとして立てるのだろうかと心配が大きくなった。

彼がくれた指輪を見つめ、不安になる。分不相応《ぶんふそうおう》という言葉が頭の中に浮かんだ。世界中でふたりきりなら、そんなこと考えなくて済んだのに。

すると私の手に彼が手を重ねた。

はっとして彼の顔を見る。

「大丈夫だから」

私の不安を察知した彼が、声をかけてくれる。彼の声は不思議だ。すべてとは言えないが心が軽くなる。

「寿々、覚えておいてほしい。大切なことは、君しか俺を幸せにできないってことだ。それだけは忘れないで」

「はい」

態度でも心でも尽くしてくれる。

私はできる限り心を強く持とうと誓った。

……はずだったのだけれど。

う……こんなに人がいるなんて。しかも私でも知っているような有名な人がたくさん。

会場には着飾った男女が、あちこちで歓談《かんだん》している。私の知らない世界が広がっていた。会場に入る前、遠くから見てもきらびやかで足がすくむ。

先月のコンサートでも目を白黒させていたのに、それとは比較にならないくらいの著名人の人数だ。

その上今回は正式に柾さんのパートナーとしての参加。以前とは立場が違う。

海外の方も多数参加されているようだ。さっきの決意は早々に霧消《むしょう》して、気弱な私に戻り、がちがちに緊張していた。

「寿々、右手と右足が同時に出てるよ」

「え、本当ですか？」

そんなおかしな歩き方をしていたなんて。

立ち止まって確認する。

「うそだよ。緊張しすぎ。ほら、深呼吸しようか」

私と一緒に彼も、ゆっくりと呼吸をしてくれる。

「さて、行こう」

私は覚悟を決めて背筋を伸ばすと、彼にエスコートされ会場の中に入った。

老舗《しにせ》ホテルのバンケットルームは、人で溢れかえっていた。

受付を済ませ柾さんと会場に入ると、すぐに声をかけられた。

「鏑木くん、久しぶりだね」

「はい。ご無沙汰しております。織田《おだ》大臣」

「相変わらず忙しいみたいだな」

「おかげさまで」

当《あ》たり障《さわ》りのない挨拶をしながら、私の方に視線が向けられた。緊張が最高潮に達する。

「こちらの方は？」

「私の婚約者です」

ドキッとした私はその気持ちを顔に出さないようにするので精いっぱいだった。

たしかにプロポーズはされたし、彼を受け入れると決めた。

そして指輪も受け取った。だから周囲から見ても立派に婚約者という扱いになるのだと今更ながらに気が付いた。

自分の考えの浅さに今頃になって呆れる。

「初めてお目にかかります、幸田と申します」

「はじめまして、綺麗なお嬢さんだね。どちらの？」

ああ、これは出自を聞かれているのだとわかった。しかし人に聞かせるような立派なものなど持ち合わせていない。

どうすればいいのか戸惑う。

「私の婚約者です」

今一度彼はきっぱりとそう言ってのけた。わざと先ほどと同じことを言ったのは、相手の詮索《せんさく》に対してこれ以上は何も言うつもりがないという、強い意志の表れなのだろう。

柾さんが相手の意図することをわからなかったわけはない。しかし意地悪めいた好奇心のこもったその質問をしっかり跳ねのけた。

相手は少し面食らった表情をみせたものの、すぐに話題を切り替え鏑木さんの話をはじめた。

柾さんにこれ以上私の話をするつもりはないとわかったようだ。話を続けてもなんのメリットもないと判断したのだろう。

ほっとしつつ、私は笑顔で隣に笑顔で立つ。

そのくらいしかできないけれど、せめて印象だけはよくしておきたい。

会話を終えた柾さんは、私を守るように完璧なエスコートをしてくれた。こうやって不安を取り除いてくれる彼のためにも、私はできることを頑張らなければ。

今回彼がどうしてもコンタクトを取りたい相手というのが、アメリカ大使だそうだ。今抱えているプロジェクトの鍵となるらしい。

大使相手の仕事って……私には想像すら難しい。

難しいのに彼に寄り添っていなければならず、ずっと気を張っている必要があった。なんとか英語での挨拶だけ交わし、邪魔にならないようにそばに控える。

西村さんも会場にいるはずだが、柾さんが呼ぶまでは控えているようだ。

そんなとき相手方の大使のところに、日本人の男性が近付いてきて耳打ちをした。すぐに下がろうとした男性と一瞬目が合う。

私は失礼にならないように目礼をして、もう一度男性を見ると相手がすごく驚いた顔をしているのに気が付いた。

な、何？

また気が付かないうちに何かしでかしたかもしれない。ドキッとした瞬間に相手が近付き、私の顔をじっと見る。

「幸田寿々さんではないですか？」

「え……はい。そうですけど」

どうやら相手は私のことを知っているようだが、私は全然思い当たらない。

こんな知り合いいたっけ？

失礼を承知で名前を聞くべきだろうか。

私の戸惑いに相手がすぐに名前を告げた。

「有沢です。有沢靖之」

「え、あの、有沢くん？」

「そう、あの有沢！」

なつかしい！　思わず彼を呼ぶ声が弾んでしまう。

「すごい、偶然だな」

「そうだね」

お互いになつかしさから、テンションが上がる。

「寿々」

柾さんの目が誰？　と聞いている。

「高校のときに塾が一緒だった、有沢くんです」

なんとなく元彼と言いたくなくて濁したが、以前私の過去について調べた柾さんはすぐに理解したようだ。

「はじめまして、鏑木です」

「存じ上げております。有沢です。外務省に勤務しています」

なるほど、だから大使と話をしていたんだ。

「あの、もしよろしければ少し彼女をお借りしてもいいですか？」

「彼女がいいなら」

私もできれば有沢くんと話をしたい。

「少し外してもいいですか？」

彼は笑顔で私を送り出してくれる。

「いっておいで」

彼に言われて、私は有沢くんと連れ立って会場の外に出た。

フロアにはソファがあり、話をしたり休憩をしている人がいた。

私たちは窓際に立ち、向かい合った。

「まさか、こんなところで会えるなんて」

彼の言葉に私も頷いた。

「びっくりだね。よかった、元気そうで」

最後に私が見たのは、救急車で運ばれている彼だ。

「でもよく私だって、わかったね」

私は名前を聞くまでわからなかった。

背もあの頃から伸びていたし、昔は眼鏡をかけていたのに今はそれがないから余計そう思うのかもしれない。

「会いたいって、心のどこかで思っていたからかも」

彼にとって私が、忘れたいくらい嫌な思い出でなかったことにほっとする。

「本当に不思議だね」

街中ですれ違うだけなら、きっと気が付かなかったはずだ。

「僕たち、何かしら縁があるんだろう」

「そうだね」

私が賛成すると、彼は真剣な顔をした。

申し訳なさそうに、眉尻を下げている。

「僕、ずっと謝りたいと思っていて。あんな別れ方になってしまって、後悔していたんだ」

たしかにさよならさえ言えずに別れてしまったのは、私も心残りだった。

「幸田さん……寿々ちゃん。今自分がこうやって生きていられるのは、あのときの事故がきっかけだったんだ」

柾さんが調べてくれたことで大まかなことは知っていたけれど、詳しい病状は聞いていなかった。思ったよりも深刻な状況で、あのとき見つけられたのはラッキーだったそうだ。

「それなのに母が君に失礼な態度を取って申し訳なかった」

「謝らないで。あの日私がコンビニに寄って違う道を通ってなければあんなことにはならなかったから」

「それは関係ない。母はずっと君との交際を反対していたから、全部の責任を君に押し付けようとしたんだ。本当にすまなかった」

彼は頭を下げて謝罪してくれた。

「ううん、いいの。有沢くんがこうやって元気に活躍している姿が見られたから」

「そんなふうに言ってもらう資格なんてない。君を守れなかったんだから」

彼の後悔が伝わってくる。

たしかにあの日の出来事は私にとってもトラウマを残した。

けれど今は柾さんのおかげで前を向いて歩いていけるようになっている。

「ちゃんと守ってもらえたから、今の私があるんだよ。だからもう縛られないで」

「寿々ちゃん。強くなったね」

彼が昔をなつかしむように笑みを浮かべた。

「そうだといいんだけど。今まだ頑張っているところ」

柾さんの隣に立つには、もっともっと努力が必要だ。

「なるほど。あ、よければ連絡先交換してくれない？」

「うん」

お互いの連絡先を交換した。一度自分の中から消えてしまった連絡先が戻って来たのが、妙に感慨深い。

「それと、嫌なら答えなくていいんだけど。鏑木さんとはつき合っているの？」

いきなり聞かれてドキッとした。恥ずかしいけれど隠すものでもないので正直に頷いた。

「そうなんだ。ちょっと残念だな」

「え？」

「なんでもない。そうだ、これ」

彼がポケットの中から絆創膏《ばんそうこう》を取り出した。

「足、痛いんじゃないの？」

「あ……ばれてた」

実は履《は》きなれない靴を履いていたので、靴擦れを起こしていた。

「僕はもうそろそろ行くから。足、お大事に」

「ありがとう」

私が絆創膏を見せると、有沢くんはあの頃と変わらない笑顔を見せてくれた。

「どういたしまして、また連絡するから。またね」

私たちは軽く手を振って別れた。

渡された絆創膏を見つめる。

昔と変わらず彼は優しいままだ。

私は化粧室に移動して、有沢くんにもらった絆創膏を貼ってから会場に戻った。

会場に入ろうとしていたところで、五歳くらいの女の子が飛び出してきてぶつかった。

くるくるの金色の巻き毛にとび色の瞳が印象的だ。パーティーに合わせてドレスを着ているのでプリンセスのようだ。

私に抱き着く形で止まった女の子はにっこりと笑った。英語で話しかけてくれているが理解ができない。

かがんで視線を合わせた。どうにか私のつたない英語が伝わるといいのだけれど。

「あそぼ」

「えっ」

突然日本語で話しかけられて驚いた。どうやら少し日本語が話せるようだ。

「お父さんとお母さんは？　パパ、ママ。ん～ダディ？」

思いつくまま尋ねると、彼女は会場内に指をさした。

「オリビア」

お母さんらしき女性がこっちに向かって歩いてきている。

しかし彼女は私にしがみついて離れなかった。

「NO！」と、母親の手を拒否している。きっとこの大人ばかりの会場で飽《あ》きてしまったのだろう。

騒ぎを聞きつけた柾さんが慌てて駆け寄ってきた。

「寿々、どうかしたのか？」

「あの、ちょっとかわいいお友達ができまして」

ははと笑ってみせたが、彼は私にくっつく女の子を見て驚いていた。

「君の社交性の高さを甘くみていたよ」

「えっと……まぁ、偶然で」

苦笑いを浮かべた。私は歩いていただけで、特別何かをしたわけではない。

「もしよければ、この子と一緒にいましょうか？　会場の付近にいるようにしますから」

柾さんが彼女の母親に、私の言葉を伝えてくれた。

すると女性は私の方を見て「ヨロシクオネガイシマス」と片言の日本語でお願いしてきた。

「寿々、大丈夫か？」

「はい。大人の方の相手よりは役に立つと思います」

話の内容がわかっているのかいないのか、女の子はうんうんと頷いている。

「じゃあ、あっちの方にいますから」

休憩用のスペースがあるので、そちらにいることにした。

それからオリビアちゃんと私は、片言の英語と日本語で会話をしつつ仲良くなった。

「これ、欲しい」

私がスマートフォンに付けていたのは、うちの会社のマスコット、ペンちゃんのキーホルダーだ。取引先へ渡すためのノベルティとして作られたものを、玉造さんが私にくれたのだ。

「これ？　どうぞどうぞ」

渡してあげるとすごくうれしそうに眺めている。子どもの好奇心いっぱいの瞳に思わず表情が緩む。

文具メーカーなので子ども向けの商品も多い。今度玉造さんに今日の話をしてみよう。

ところがオリビアちゃんは、ペンちゃんを手に入れたのがうれしかったのか興奮して走り出してしまった。

「え、待って。走っちゃダメ」

慌てて追い掛けるけれど、すばしっこく人波をぬって逃走されると、まったく歯が立たない。

順調に会場内を移動していたオリビアちゃんは、そのまま勢いよくテーブルクロスを引っ張った。その上には料理が載っている。

「危ないっ」

とっさに手を伸ばし、オリビアちゃんの上に覆いかぶさった。

ガシャーンと大きな音が鳴ると同時に、一度大きく舞い上がった料理が落ちてくる。

「キャー」

周囲の叫び声が聞こえてきた。

私は体を起こし、オリビアちゃんを確認する。

「けがはない？」

彼女の髪にも少し料理が付いてしまっている。

それを取ってあげていると、オリビアちゃんのお母さんと柾さんが血相《けっそう》を変えてこちらに駆け寄ってきた。

「寿々、大丈夫か？」

焦った様子の彼が私を立ち上がらせてくれた。

「大丈夫ですから。あ、触ったら服が――」

「そんなこと気にしなくていい。やけどはしてないか？」

「はい。あのオリビアちゃんは？」

振り返ると、オリビアちゃんはお母さんに抱き上げられていた。

「ごめんなさい。けがをしていませんか？」

私の言葉を柾さんが訳して伝えてくれる。私のつたない英語で誤解が生じてはいけないのですぐに通訳してくれた。

「オリビアちゃんは問題ないみたいだ。君のことを心配している」

オリビアちゃんとお母さんが私にハンカチを差し出してくれた。

「私は大丈夫です。オリビアちゃんにけががなくてよかった」

ハンカチを受け取った後、膝を折ってオリビアちゃんと視線を合わせて大丈夫だと伝えると、彼女がぽろっと涙をこぼした。

私はハンカチでオリビアちゃんの涙を拭いてあげた。

お母さんはもう一度私に謝罪をして、オリビアちゃんを連れて会場を出ていった。

「寿々、俺たちも出ようか」

「いえ、私ひとりで」

ホテルの人にお願いして、どこかで汚れを落とす場所を貸してもらおう。私の失敗なのに彼まで巻き込んでは申し訳ない。

「ダメだ。上に部屋を取るからすぐに移動しよう」

「でも……お仕事が」

「いいから、行こう」

彼の手が背中に添えられて、外に向かう。その間ずっと周囲からの冷たい視線を浴びていた。

私、間違いなく柾さんの足を引っ張ったな。しかもパーティーまで台無しにしてしまって。今日は大事な商談の相手もいたのに。

とうとう、柾さんに大きな影響が出てきたのかもしれない。

そう思うと私は怖くて仕方がなかった。


鏡の前に立ち、じっと自分に向き合う。

あれから一週間ほど経っても、パーティーの日のもやもやが解消できない。

目をつむると、パーティーに参加した人たちの冷たい視線が思い浮かぶ。

それが自分だけに向けられたものなら我慢できるけど、あれは私と一緒にいた柾さんにも向けられた視線だ。

「はぁ」

オリビアちゃんはけがをせずに済んだ。

でも私がちゃんとオリビアちゃんを見ていればあんなことにはならず、柾さんはきちんと仕事をこなせたはずだ。

たしかに彼は、私の不運を笑って楽しんでくれる。それでも迷惑をかけていないわけではないのだ。

彼が気にしないならと思っていたけれど、やっぱり自分のせいで彼が迷惑をこうむるのは嫌だ。

「……寿々、どうかした？」

「えっ」

「水、出しっぱなしだけど」

「あっ……」

急いで水道を止める。

「体調悪い？　ぼーっとしてるけど」

「いいえ。元気ですよ。朝ご飯、パンにするかご飯にするか迷っていたんです」

些細な変化でも敏感に感じ取る彼をごまかすのはなかなか大変だ。それでも心配をかけたくなくて明るく振る舞う。

「俺は時間だから出るよ。そのまま夜の飛行機でアメリカに向かう。当分会えないのは寂しいな」

彼は私を後ろから抱きしめると、そっと耳にキスをした。

私が振り返ると、続けて唇に小さなキスを落とした。

「気を付けていってらっしゃい」

「何かあったら、必ず連絡して」

「はい」

私が返事をしたのを確認して、柾さんは出かけていった。


のろのろと準備をしていたら、出勤がギリギリになってしまった。

「寿々ちゃん、この時間に出勤なんて珍しいね」

慌てて席に着くと、隣の席から春山さんが声をかけてきた。

「おはようございます。ちょっと寝坊してしまって」

本当はあまり寝られなくて早起きしていたのだけど、いろいろと考えていたら遅くなった。

「たまにはいいんじゃない。いつも真面目すぎるくらい真面目なんだから」

「それだけが取り柄なので」

一生懸命《いっしょうけんめい》やっていても不幸を呼び寄せてしまうので、それをカバーするために普段から気を付けている。

「あ、いたいた。幸田さん！」

あの声は玉造さんだ。

振り向くと予想通りの人が立っていた。

「この間のレポートありがとう。見かけたからお礼を言いに来た」

「いえ、いい商品ができるといいですね。あ、そうだ。実はうちのペンちゃんのマスコットですけどこの間アメリカ在住のお子さんがすごく気に入ってました。意外ですね」

「ふーん。キャラクターに関しては専門外だけど企画部に言っておくよ」

満足そうに頷く玉造さんと違って、春山さんは首を傾げた。

「寿々ちゃん、どこでそんな海外のお子様と接触したの?」

「えーとそれは」

「あぁ、彼氏が関係しているのね」

あまり柾さんの個人的な情報は出さない方がいいと思い、笑ってごまかした。

「なるほど、順調みたいだね」

「まぁ」

実はそうでもないのだと言いづらい。

一方的に私に自信がないのが原因で、彼は何も悪くないのだから。

「あ、そうだ。実は元彼に会ったんです。それも偶然。すごくないですか？」

話を柾さんからそらしたくて、有沢くんの話を出した。

案の定、春山さんが食いついてきた。

「元彼⁉　それでもしかして彼氏とけんかした？」

「え、いいえ。そうではなくて」

あらぬ方向に話が進んで焦る。

「そっか、最近綺麗になったから元彼だって放っておかないよね」

「あの……だから」

どうして再会したってだけの話なのにそんな話になってしまうの？

「まぁ男にとって、元カノは特別だからなぁ」

玉造さんが腕を組んで、何やら感慨深そうにしている。

「男の人はそういうところがあるよね」

春山さんとふたりで頷き合っている。

「いや、だから聞いてください。ただ再会したって話で」

「まさか、寿々ちゃんからこんな恋バナが聞けるなんて」

なぜだかしみじみしている春山さん。否定しようとしたのに電話がかかってきてしまい、反射的に取った。

結局誤解がとけないまま、仕事がはじまってしまった。

勝手に私のことを好きだと誤解されてしまった有沢くんに心の中で謝りながら、仕事をこなしていった。


その日の仕事を終えた私は、疲れ切った体でエントランスを抜けて会社を出た。

寝不足なのに、暇さえあればいろいろ考えてしまうのが原因だ。

今日から柾さんがいないから、ひとりでゆっくり考えよう。

時間があれば琴音さんに会いに行こうかな。相談はできなくても、顔を見るだけで安心できるかもしれない。

そんなことを思いながら自動ドアを抜けると、そこに見覚えのある人物が立っていた。

「有沢くん？」

「寿々ちゃん。よかった会えて」

思いもよらない人物がいて驚いた。

ふと朝、春山さんと玉造さんが言っていた言葉が頭をよぎったけれど、まさかそんめなことはないだろうと思う。

「どうしたの？　もしかして、今日の仕事終わりの時間を聞いてきたのってこのためだった？」

今日の昼休みに有沢くんから、メッセージが送られてきていた。それに返信した後確認をしていなかった。

「そうだけど、ただ俺の方の仕事の都合がつくかどうか、わからなくて。会えたらいいなくらいの気持ちで来たんだ。ごめん、突然で」

「ううん、何かあった？」

たしかに突然の訪問で驚いた。そこまでして何か伝えたいことがあったのだろう。

「いや、あの。大丈夫かなって思って」

「大丈夫って、何が？　あぁ、パーティーのことだよね。ごめんなさい。お騒がせして」

あの場を台無しにしてしまった。もしかしたら有沢くんの予定もいろいろ変更になってしまったのかもしれない。

「違うよ。俺は寿々ちゃんが心配でこうやって会いに来たんだ」

「私が心配？　私なら大丈夫よ。ほら、ぴんぴんしてる」

元気にみせるために、力こぶを作るポーズをみせた。しかし彼の顔は曇ったままだ。

「鏑木さんとのつき合い、無理してるんじゃないの？」

「それは……」

正直あのパーティーのような場面では、かなり背伸びをしている。

四六時中気を張って、失敗しないようにしてたけれど、結果はああなってしまった。

「慣れない靴を履いて、彼の隣で笑って立って。ずっと無理しているように見えた」

まさか有沢くんが、気が付いていたなんて。昔の私を知っているからそう思ったのかもしれない。

「無理してるの気付かれちゃったか。でもそうでもしないと、柾さんの隣に立てないから」

自分でそうすることを選んだ。だから心配してもらう必要はない。

「本当にそれが正しいの？　僕にはそうは思えないんだけど」

「正しいかどうかは、わからない。今手探り状態だから」

彼のそばにいたいと思っているけれど、不幸に巻き込んでしまうかもしれないという思いはまだ消えない。

でもせめてパートナーとして隣にいる間は、彼に似合う女性でいたい。

「無理しなければ隣にいられない相手と、寿々ちゃんは幸せになれるの？　僕ならどうかな、やり直したい。まだ僕の中で君との恋が終わってないんだ」

彼の言葉に目を見開く。

「そんな……」

衝撃的な告白に、私は言葉が続かない。

「寿々ちゃんは僕のことなんてすっかり忘れてた？」

「そんなことはないよ」

むしろあの事故もトラウマのひとつになるくらい鮮明に覚えていた。

「僕もそうだ。今頃どうしてるかなってふと思い出すことがあって。ただなつかしい思い出だと思っていた」

彼は私の手を取って距離を詰めた。

「でも寿々ちゃんと再会してわかったんだ。俺にとっては思い出なんかじゃなかったって。僕にもう一度チャンスをくれないか」

乞うような真剣なまなざしに固まってしまう。

どう答えればいいの？　なるべく穏便《おんびん》に済ませたいのに。

「それは無理な相談だ」

背後から聞こえてきた声に驚いた。だってここにいるはずのない人の声だったから。

「柾さん」

彼は私の呼びかけには答えずに、有沢くんの手を払って私を後ろに隠した。

「君のチャンスはもうとっくに終わっているんだ。だから諦めてくれ」

「僕は寿々ちゃんと話をしているんだ。邪魔しないでほしい」

「邪魔？　いったいどっちが邪魔だっていうんだ。寿々は答えに困っているだろう。無理やり気持ちを押し付けないでほしい」

にらみ合うふたりを前に、私はどうしたらいいのかわからずにおろおろするばかりだ。

自分の話なのに。

「寿々、行こう」

今まで聞いたことのないような、低くて冷たい彼の声に従う。

いつものように手を取ってくれているけれど、歩くスピードが普段よりも早くついていくのに必死だ。

「柾さん？」

明らかに機嫌が悪いのが伝わってくる。

だがその理由がわからない。

「悪いけど、車に乗って」

有無も言わさない様子に私はおとなしく従った。

会社の近くに、車は止まっていた。いつも通りに助手席のドアを開けた彼が中に入るように無言で促《うなが》す。

こんなにも言葉数が少ない彼は初めてで、どうしていいのかわからない。

おとなしく従って、彼が運転席に座るのを待った。

ふたりとも車に乗って落ち着いたはずなのに、車内には沈黙が続く。

不安で仕方ない私は、なるべく明るく彼に話しかけた。

「今日は会えないと思っていたからびっくりしました」

「今朝、様子がおかしかったから出発前に会っておこうと思ったんだ」

忙しいのに、こうやって私が一番喜ぶ方法を考えてくれた。

「ありが――」

「それなのに、浮気現場に遭遇するなんて思わなかった」

「えっ……」

まさかそんなふうに思われていたとは。

「違うの、有沢くんとはそういうのじゃなくて」

彼と再会したのは本当に偶然だったのに。

「寿々がどういうつもりだったとしても、相手は君とやり直したいみたいだったが」

話の内容を聞かれていたらしい。

「悪いとは思ったけど、聞かせてもらった。見過ごせなかったから」

彼がぎゅっとハンドルを握った。行き場のない苛立《いらだ》ちをどうにかしておさめようとしているのが伝わって来た。

「ごめんなさい」

「どうして寿々が謝るんだ？　今ここで謝られると傷つくんだけど」

失敗した。

私の謝罪が彼を傷つけた。

ただ私の中でも後ろめたい気持ちがゼロではない。有沢くんの言っていたことに納得してしまった自分がいたからだ。

私にまっすぐに向き合ってくれている柾さんには、こんな気持ちは言えない。

「どうしてすぐに断ってくれなかったんだ」

「それは、急な話で驚いて言葉が出なかっただけ」

これは真実だ。

私の気持ちは柾さんにある。

しかし有沢くんに指摘された自信のなさもうそじゃない。

だからすぐに返事ができなかったのかもしれない。

「ごめん、わかってるんだ。寿々が俺を受け入れようと努力していることは。焦ってかっこ悪いよな。俺」

彼は深くため息をついた。

「柾さんは何も悪くないから」

そうは言っても彼にはなんの慰めにもならないようだった。

「出張でよかった。少し向こうで頭を冷やしてくる。寿々も気持ちを整理してほしい」

そう言うと彼は私の返事も待たずに、車を走らせた。そして私をマンションに送り届けるとそのまま空港へ向かった。

去っていく彼の車を見送る。

自分の自信のなさが彼を傷つけてしまった。

今日の出張は、この間のパーティーでの失態を取り戻すためだろうか。急遽予定が変更になったと聞いている。結局私が彼の足を引っ張っている。

こんな状況でどうやって自信を持てるというのだろうか。

大きなため息をついて、私はひとりで部屋に戻った。

灯りをつけて中に入る。

彼が家を空けることはしばしばあったのに、今日は妙に寂しくて仕方がない。

私は琴音さんに連絡をして週末会う約束をした。

今週は本当に上の空で過ごす時間が多かった。

仕事には集中していたけれど、それ以外の時間などはずっと柾さんのことを考えていた。

彼からは無事に到着したという連絡はあったが、それ以降は「どうにかして早めに帰るから」というメッセージが一度あったきりだ。

きっとお互い考える時間を持とうということだろう。

彼と話をすると流されてしまう。

彼もそうならないようにと考えてくれているのだろう。

でも……。

「寂しい」
自分のベッドがあるにもかかわらず、私は柾さんのベッドで寝起きしていた。
好きだから苦しい。
そばにいたいと思う気持ちと、離れた方がいいという気持ちが毎秒揺れ動く。
父親の言葉はトラウマというよりも呪いに近い。
何年も胸に刻まれてきた負の言葉から解放される日は来るのだろうか。
何度も同じことを考えても正解なんて導けない。
それでも考えずにいられなかった。

待ちに待った土曜日。
私はお弁当を作って、午後から琴音さんのところへ向かった。
久しぶりに店を手伝って、お店が終わった後は話を聞いてもらいたい。
重い体と気持ちを抱えてジェイドリーフに向かう。
久しぶりの琴音さんは相変わらずでほっとした。
次々にやってくる顔見知りのお客さんと話をしていると気持ちは穏やかに過ごせた。
ここも私にとって大切な場所のひとつだ。

手と体を動かして、琴音さんに相談するまでは柾さんのことを考えることを止めて、気持ちを回復するのに務めた。

最後のお客さんが帰った後、私は琴音さんと一緒にお店の片付けをした。

事務仕事やお店の備品の発注も、思いのほかきちんとしてあった。

私がいなくてもちゃんと成り立つんだな。役に立っていないわけではないけれど、いなくてもどうにかなるのだろう。

いいことだけれど、少し寂しいと感じるのはわがままだろうか。

「寿々〜これあっためて食べよう」

琴音さんは私が持ってきたお弁当をうれしそうに持っていた。

美容院の休憩時に使う部屋は広くはないが、ふたりでゆっくりするには問題ない。

裏の自宅から生活用品を運んできたのか、以前よりもごちゃごちゃしている。

琴音さんが、お弁当を温めているうちに、たまっていた洗濯ものをたたんでいると男性用靴下が出てきた。

「あっ」

琴音さんがさっと奪い取った後、恥ずかしそうに照れ笑いをしている。

その態度からその靴下の持ち主が西村さんだとわかった。

琴音さんも新しい生活をはじめているのだと実感する。

「さぁ、あったまったから食べよう。寿々のご飯久しぶりだから楽しみ」

「琴音さんの好物だけ入れてきたから」

中身は彼女の好物であるコロッケを中心に、キャロットラペや卵焼き、ブロッコリーのペペロンチーノ風などを詰めてきた。

「いただきます。あぁ、お腹すいた」

一日働いた琴音さんは、目を輝かせながらご飯を食べはじめた。その様子を見て私も箸《はし》を持つ。

ここのところあんまり食欲がなかったのだが、琴音さんが一緒なので楽しく食事ができた。

しかしそのときだった。

私のスマートフォンに有沢くんから電話があった。

この間のことがあって気まずいと思っていたけれど、きちんと自分の気持ちを伝えるべきだと思い通話ボタンを押す。

「もしもし」

『幸田さんの携帯で間違いないでしょうか？』

「はい。有沢くんどうかしたの？」

焦った様子から、自分が思っていたような用件ではないのかと思い尋ねてみる。

『落ち着いて聞いてほしい。今日、鏑木さんが乗ったヘリコプターが消息を絶ったと、現地から連絡があったんだ』

「え……何言って」

声も体も震える。

まさかそんな冗談みたいな話があるだろうか。

『寿々ちゃん。本来はご家族だけに知らせるのだけれど、寿々ちゃんに連絡した方がいいと思ったんだ。僕も部署が違うから詳細はわからないんだけど……聞いてる？』

「え、うん」

事故？　消息を絶ったってどういう意味。

『どうやら、スケジュールを前倒しするためにヘリコプターを使ったみたいなんだ』

そのときに柾さんが送って来たメッセージが頭をよぎる。

【どうにかして、早く帰るから待っていてほしい】

もしかして、そのせいで予定になかったヘリコプターでの移動をしたの？

私は体の力が抜けて、テーブルに体を預けた。かろうじてスマートフォンだけはちゃんと耳に当てている。

『とにかく、現地の情報は断片的にしかこちらに入ってこないんだ。また何かわかったら連絡する』

有沢くんは私の返事を待つことなく電話を切った。

通話が切れたことで、手の力も抜け、スマートフォンが滑り落ちる。

「寿々、どうかしたの？」

茫然《ぼうぜん》としている私を不審に思ったのか、琴音さんが肩をつかんで私を揺すった。

「柾さんが」

「どうしたっていうの？　今はアメリカでしょう？」

「消息がわからないって……」

「え!?　どういうことなの」

私は今の電話の内容を琴音さんに伝えた。頭が混乱していてうまく話せなかったが、琴音さんはちゃんと理解してくれた。

「それは……大変ね」

いつも楽観的な琴音さんも深刻な顔をしている。

悲痛な沈黙が落ちる。

私は耐えきれなくなって泣き出した。

「どうして……私の周りの人ばかり、こんな不幸な目に遭うの？　一番大切な人なのにっ」

胸が張り裂けそうに痛くて、どうにかなってしまいそうだ。

嗚咽を漏らし、机に突っ伏して思いのたけを口にする。

「私ならどんなにつらくても我慢できるのに。どうして……柾さん」

心配でたまらない。

どうして笑顔でいってらっしゃいと言えなかったのだろうか。

あのとき心を尽くしていたら、彼が予定を前倒しするためにヘリコプターに乗らなかったかもしれないのに。

後悔ばかりが思い浮かんで、最後に見た彼の寂しそうな顔が思い浮かぶ。

胸が苦しい。

声を上げて泣く私の背中を琴音さんが優しく撫でてくれる。

「なんでもかんでも自分のせいにするのはよくないわ」

「でも、私とかかわらなければこんな目に遭わなかったのに」

私は溢れてくる涙をぬぐった。

「私はいつだって、周りの人を不幸にしてしまう」

父親の言った言葉は正しかったのだ。

「もしかして寿々の不幸に巻き込まれた人の中に、私も含まれているの？」

琴音さんの低い声に驚いて、うつむいていた顔を上げた。

そのときはっとした。

琴音さんすごく怒ってる？

長いつき合いの中で、見たこともないような表情に困惑する。

「琴音さんには、たくさん迷惑をかけたと思っているよ」

私の言葉に琴音さんは声を荒らげた。

「冗談じゃないわ、私がいつあなたを引き取って不幸だったって言ったの？　私はね、ずっとずっとあなたがそばにいてくれて幸せだったわよ。それだけはうそじゃない」

「でも、周りから見たら――」

「他人の言葉なんてどうでもいいの。私が幸せだったって言ってるんだから、誰にも否定させないわ」

強い口調で言い切られて、私は反論することができない。

「寿々はすぐに自分だけが周囲の迷惑になっていると思ってるけど、そんなのお互い様だからね。私がどれだけあなたに助けられたと思っているの？」

さっきとうって変わって語尾が優しくなる。

琴音さんの手が伸びてきて、私の頭を優しく撫でた。もうずっと昔にそうしてくれていたときのように。

「柾さんにだって彼なりの思いがあるのに、それを寿々が否定するの？　相手を思いやるってことは、相手の気持ちに寄り添うことよ。あなたのやっていることはただの独りよがりじゃない。本当に何を望んでいるのかよく考えて」

「本当の望み？」

「柾さんは、あなたと離れて安全な日常を送るのを望んでいるの？　そんなこと彼が言った？」

私は首を振る。

彼は一度だってそんなことを口にしなかった。むしろトラブルがあったとしても、それを楽しんでいた様子まである。

「柾さんのことをもっと信じなさい。そして自分のことも」

柾さんを信じるというのはわかるけれど、自分を信じるというのはどういうことだろう。

「寿々は自分自身が周囲を幸せにしているっていう自覚を持ちなさい。誰に何を言われても、自分の大切にしたい人の言葉を胸に刻んで。わかった？」

「琴音さん……」

「誰よりもあなたと一緒にいて、誰よりも大切に思っている私の言葉が信用できないわけ？」

軽くにらまれたその目には、涙が浮かんでいる。

私はずっとこういう琴音さんの気持ちを受け取らずに独りよがりを続けていたのだ。

うれしさと、後悔が混ざり合って胸が苦しい。

「きっと……大丈夫だよね。柾さん」

「もちろんよ。寿々とつき合っているのに、不幸になるはずなんてないでしょ」

根拠なんてひとつもない。それでも琴音さんがそう言ってくれると、混乱と悲しみでいっぱいだった心が少し落ち着いた。

「待つのはつらいだろうけれど、落ち着いてね。今日は泊まっていく？」

琴音さんの申し出をありがたく思いながらも断った。

「ううん。彼の部屋で待つ」

「そう。それがいいわ」

琴音さんも無理に私をひきとめなかった。

片付けをして私は部屋に戻った。

暗くて寒い部屋。いつもよりもずっと広く感じる。

灯りをつけて部屋の中を見渡すと、そこかしこに彼の面影《おもかげ》が残っていて胸が締め付けられる。

応答があるかもしれないと、何度か電話をかけてみるけれどコールすらされない。

絶望にとりつかれそうになるけれど、決して諦めない。

寝室に向かってベッドに横になる。ここが一番彼を感じることができる。

目をつむると彼の顔が思い浮かぶ。一週間前までここで彼の腕に抱かれていたのに、すごく今心細い。

彼に守られていたのだと実感する。

ほろりと涙が流れた。

「大丈夫、大丈夫」

呪文のように自分に言い聞かせる。

だって彼は言っていた。『ものすごく運がいい』のだと。

彼は私にうそをつかないもの。

まんじりともせず、ただ彼のことだけを思いながら朝を迎えた。

スマートフォンを見続けていても、画面は待ち受けのままだ。時折思いついて彼に電話してみるけれどつながらない。

メッセージを送ってももちろん既読にすらならない。

シャワーを浴び身支度をする。その間も片時もスマートフォンを手放さなかった。

彼の好きだったコーヒーを飲みながら、じっとスマートフォンの画面を見る。

今の私には、これだけが彼の安否を知る道具だった。

「柾さん……柾さん」

名前を呼んでも返事があるわけではない。

これまでは当たり前のように、振り向いてくれていた彼がいない。

胸がぎゅっと痛むけれど、泣いたって何にもならない。

私は気持ちを落ち着けようと、彼の好きなコーヒーを淹れる。

帰ってきたら、たくさんご飯を作ってあげよう。それから琴音さんゆずりのマッサージを眠くなるまでしてあげよう。

日本に残っている西村さんにも連絡を取ったが、詳細はまだ不明らしい。

何かわかれば連絡をしてくれると言っていた。

ソファの前に座って、座面に頬を付けた。

そのとき、手に持っていたスマートフォンが震えた。

一瞬にして覚醒《かくせい》して、立ち上がり画面を見る。

「通知不可？」

慌てて通話ボタンを押した。

「柾さん？」

相手が誰だかわからないけれど、自然と彼の名前が出た。

ザーザーと耳障《みみざわ》りな音が聞こえてくる。その間に声が聞こえてくるのを聞き分けようと必死になる。

「柾さん？」

彼だって決まったわけじゃない。それでも彼の名前を呼ぶ。

『……ず、……寿々』

柾さんの声だ！

私はへなへなとその場に座り込んだ。

涙が溢れ出す。

生きていた。
それがわかっただけで、もうなんでもいいと思えた。
『寿々、ごめん。明日帰れそうにない』
「いいです……無事なら……それで」
言葉が続かない。
『ちゃんと戻るから、待っていて』
私との約束をして、彼は通話を終えた。
「……っう……あぁああ」
声を出して泣いた。彼が生きている。
やっと息ができるようになった気がする。
それと同時に自分の中の柾さんがこんなにも大きくなっているというのを自覚した。

そして予定よりも遅くなった火曜日、柾さんの帰国の日。
私は空港で彼を待っている。
すでに飛行機は到着しているようだけれど、彼はまだ出てこない。
私は予定の時間よりも一時間以上早く、空港にて彼の到着をまだかまだかと首を長くして待っていた。

無事ならそれでいいと思っていたけれど、やっぱり早く彼の顔を見たい。

あの後、彼から再三連絡があり体調に問題がないのはわかっているけれど、それでもやっぱり顔を見るまでは安心できない。

到着フロアに人が出てきた。そわそわが大きくなる。前に人が立ってしまったので、背伸びをしてじっとゲートを見る。

「いた！」

思わず声が出てしまい、前の人がちらっとこちらを見た。

しかしそんなの気にしていられない。

背伸びをして見た彼は、少し疲れた様子だったが元気そうにこちらを見ている。私と目が合うと、大きく手を振ってくれた。

あぁ……よかった。

安心したせいか目頭が熱くなった。

ずっと気を張っていたせいで、感情のコントロールができずにその場で泣き出してしまった。

それを見た彼が、こちらに向かって駆け出した。私も一刻でも早く彼のもとにたどり着きたいと思い歩き出す。

「寿々」

名前を呼ばれた瞬間、私は彼に飛びついた。

そのときには顔は涙でぐちゃぐちゃで、嗚咽が邪魔して声が出せなかった。

彼は人目を気にせずぎゅっと抱きしめてくれた。

「ただいま」

「お、おかえりなさい。無事でよかった」

やっとまともにしゃべれるようになった。いろいろと言いたいことがあるのに言葉が続かない。

「ずいぶん泣いたんだな」

彼が私の目元に指を添えた。

「心配しました」

「ごめん。でも知ってるだろう、俺は誰よりも運が強いって」

彼の言葉に私は思わず笑ってしまった。

「もちろん知っていますよ」

「俺の運の良さは、寿々が俺の腕の中にいてくれていることで証明されているからな」

彼の言葉に泣き笑いしかできない。

「さぁ、帰ろう」

私の手を引く柾さんの手を強く強く握り返した。


迎えに来ていた西村さんの運転で自宅に戻る。

西村さんも日本でかなり奔走《ほんそう》したようで疲労の色が濃い。

どうやら彼は私たちを送り届けた後、このまま琴音さんのところへ向かうようだ。

部屋に入り玄関のドアが閉まった途端、私は彼に抱き着いた。

力いっぱいぎゅうぎゅう締め付ける私に、柾さんはされるままでいてくれた。

やっと、帰ってきてくれた。その存在を確かめるように私は彼から離れなかった。

「心配かけて悪かった」

「……心配はしましたけど。でもこれまでの柾さんが大丈夫だって思わせてくれました」

腑《ふ》に落ちないという顔をしている彼に説明する。

「私がどれだけトラブルに巻き込んでも、いつも笑ってくれるあなただから大丈夫だって信じられた」

私はまっすぐ彼を見て自分の気持ちを伝える。

「おかえりなさい」

視線を絡め、言葉にならない思いを伝える。

そのままキスが落ちてきて、私が彼に身を預けると、そのまま寝室に運ばれた。何度もキスを繰り返し素肌を触れ合わせて抱き合った。

お互いの存在を確かめ合い、愛を交わす。

緩やかで優しい時間を過ごして、私たちはやっとお互いの中に足りなかった思いを埋め合った。


やっと落ち着くことができた私は、離れていた間の話を彼の腕の中で聞く。

「ヘリの件は急な天候不良が原因だったんだが……さすがの俺もやばいとは思った」

ベテラン操縦士のおかげで不時着はできたが、天候不良のせいで通信機器に障害が起きて連絡手段が絶たれた。山奥でスマートフォンの電波もなく、操縦士と日本から同行していた社員と救助を待つことになったそうだ。

途中で社員の体調が悪くなったりしたために連絡を取るまで時間がかかったらしい。

聞いているだけで、危機的状況だったのだと理解できる。柾さんの運が良くなければ彼はここにいなかったかもしれない。そう思うと今でも胸が苦しい。

「今回、先日のアメリカ大使とのつながりがあったおかげですぐに日本に連絡があったみたいだな。寿々にまで連絡がいっているとは思わなかった。心配かけたな」

「無事で本当によかったです」

とんでもない出来事なのに、なんでもないことのように言っていた柾さんはどれほど強い心を持っているのだろうか。

「……これも、あのパーティーで私が失敗したからですよね」

マイナス思考はやめるべきだとは思うけれど、これまでの考えがすぐに変わることはない。

「ん？　失敗ってどういうことだ。あの日、寿々がオリビアちゃんを庇《かば》ってくれたおかげで難航《なんこう》していたプロジェクトがうまくいったんだ。だからその成果を早く伝えたくて、帰国を急いだわけなんだけれど」

「あの事件が役に立ったんですか？」

「あぁ、実はオリビアちゃんは大使の親戚筋の子でね。あの子のお父さんが、俺がどうしてもコンタクトを取りたいと思っていた人なんだ」

どうやらパーティーでは、オリビアちゃんのお父様を紹介してもらうために、まずは大使とコンタクトを取ろうとしたらしい。

「えぇ！」

「偶然とはいえ、寿々はすごいよな。もう不幸体質を自称するのやめてもらえないか？　俺よりよっぽど幸運だよ」

笑い交じりの彼は、私の額にキスをしてぎゅっと抱きしめてくれた。

「俺にとっては幸運の女神だよ」

彼の言葉が、新しい自分になろうと思っている私を後押ししてくれた。

「と、いうことで。半年なんて待ってられない。寿々、結婚しようか」

また突然だ。

でもそろそろ私も免疫がついてきた。

「はい。私の幸せはあなたと共にあるので」

私がＯＫすると、柾さんは急に体を起こした。

「本当に？」

「はい」

私も同じように体を起こし彼の顔を見る。

言いだしたのは彼なのに、何をそんなに驚いているんだろう。

「また断られると思っていたから、不意打ちだ」

「断りません。あなたと家族になりたい」

私が彼の胸に額を寄せると彼が背中を優しく撫でてくれた。

「寿々、愛してるよ。どこにいても何が起きても、全部幸せに変えていこうな」

「はい」

ずっと恋なんて、ましてや結婚なんてしないと思っていた。

でも彼に出会って、私の人生が大きく変わった。

幸せになりたいと思えるようになった。

「寿々」

甘い声で誘われて、私はもう一度彼の胸に顔をうずめた。

エピローグ

仕事に向かう途中、ヒールがマンホールに引っかかっても、コンビニエンスストアでいつも飲んでいる野菜ジュースが売り切れていても、デスクのパソコンの電源が急に入らなくなっても、以前よりも気にしなくなった。

ちょっとした不幸があったとしても、私の手の中には有り余るほどの幸せがあるのを知っているから。

「幸田さん。これ次の新作なんだけど、また感想聞かせてくれる？」

相変わらず、玉造さんのもの作りへの強い情熱をひしひしと感じながら、試作品を受け取った。

「はい、玉造さん。今度は……小学生がメインターゲットですか？」

「そうなんだ。実はこの間、海外のＳＮＳでペンちゃんがバズって」

「あぁ、オリビアちゃんですね」

あの日オリビアちゃんに渡したペンちゃんのキーホルダー。彼女はかなり気に入ったらしく、お母さんがペンちゃんを持ってご機嫌のオリビアちゃんの写真をＳＮＳに何度もアップしたことがきっかけで、全世界でペンちゃん人気が爆発的に広がったのだ。

「そのおかげで、うちの文具が海外でも注目されることになって、学童向けの商品が今一度見直されるきっかけになったんだ」

「まさか、そんなことになるなんて。びっくりです」

あのキーホルダーを持っていたのも偶然で、特別な意味なく、喜んでくれるならという気持ちでプレゼントしたのが、まさかこんなことになるなんて。

「こっちがびっくりだよ。こんなところに仕掛け人がいたなんて」

春山さんは呆れたように私を見ている。

「仕掛け人なんて大げさですよ」

「大げさでもなんでもないので、詳細レポートを今回もお待ちしております」

玉造さんはぐいっと私に試作品を押し付けて帰っていった。

「学童向けのものを私がレポートして役に立つのかちょっと疑問なんですけど」

社内には小学生のお子さんを持つ社員もいるだろう。でも子どもに試作品を渡すのは情報漏洩のリスクが高くなるから難しいらしい。

「まぁ、いいんじゃないの。寿々ちゃんのミラクルを待ってるんだろうから」

「ご期待にそえるように頑張ります」

私はさっそく受け取ったシャープペンシルを使って仕事をはじめた。

アメリカか……。

有沢くんは元気かな。

彼は今、仕事でアメリカに赴任している。

柾さんの件でお礼を伝えると同時に、彼の申し出は断った。

ただ私にとってもいい思い出だということは変わらないと伝えると、すべてを飲み込んでくれた。

今はきっとアメリカで頑張っているだろう。

変わらないようで、変わっていく毎日の中、私の日々は大好きな人たちの笑顔で溢れていた。

天気予報は連日晴れ。行楽日和の五月。

色打掛を着た私は、真っ黒な雲から落ちてくる雨をうらめしそうに見ていた。今朝見た天気予報は間違いなく晴れだったのに。

「天気予報なんてあてにならないよな」

隣に立つ柾さんも、窓から外を眺めてぼそっと呟《つぶや》いた。

「残念ですね」

「そうか？　天気なんて関係ないだろ、俺たちには」

彼の言葉に思わず笑ってしまった。

係の人に呼ばれ、私は柾さんの手に自分の手を重ねて、神楽《かぐら》の流れるなか、社殿《しゃでん》に上がる。

「寿々、こっち向いて」

声がかかって視線を向けると、琴音さんがいた。

隣では西村さんがカメラを構えている。

先日結婚したばかりのふたりは幸せそうだ。

ふたりに気付いた柾さんは、私を引き寄せた。

シャッターチャンスとばかりに西村さんが写真を撮《と》ってくれる。

プロのカメラマンとは少し違う、いい写真がきっと撮れるはずだ。

先導してくれている巫女《みこ》さんに促され、再び歩きはじめた。

こうやって、これからも私たちはふたりで並んで歩いていく。

「寿々、ほら見てみろ」

私が彼に言われるままに顔を向けると、それまで雨を降らしていた雲の合間から陽射しが差し込んでいた。

いつの間にか雨はやみ、雲がどんどん晴れていく。

そして……あの日一緒に見たのよりもずっと立派な虹が空にかかっていた。

「約束しただろう、君の不運は俺がもらうって」

あのときのセリフを同じように言う彼に、私は顔をほころばせた。

「じゃあ、私は有り余るくらいの幸せをあげますね」

「あぁ、期待してる」

大好きな彼の笑みが、私に前に進むための勇気をくれる。

これから先もずっとずっと、ふたりの幸運な日々が続いていく。

END

番外編

元旦。新しい一年のはじまりの日。

刺すような凛《りん》とした朝の空気の中、私は柾さんと一緒に初詣《はつもうで》に向かっていた。

「寒いな」

彼の口から真っ白い息が上る。私はといえばぐるぐる巻きにしたマフラーで顔が半分ほどかくれていた。

「手袋あったかいんだけど、寿々と手をつなげないから嫌なんだよな」

文句を言いつつこちらを見てきたが、私は手袋を外すつもりはない。そんなことしたら手がかじかんでしまう。

「これで許してもらえますか？」

私は彼の腕に手を回し、ぎゅっと体を密着させる。

こちらを見ていた彼が口角を上げて笑った。

「まぁ、これはこれで悪くないな」

なんとか納得してくれてよかった。

忙しい彼だが、さすがに元旦の今日から三が日はお休みだ。その間私たちはお互いの家族に挨拶に行く程度でのんびり過ごすと決めていた。

それがふたりにとって何よりも贅沢だからだ。

年の暮れに本当にいろいろなことがあって、やっとお互いの気持ちが固まった。

彼をずいぶん待たせてしまったので、ここから先結婚までは何事もなく進むことを心から祈る。

今まで祈ってうまくいったことなんて……あったかな。

と、後ろ向きな気持ちになりそうなのを隣にいる彼を見て吹っ切った。

私には柾さんがいるもの、絶対大丈夫。

彼が私にくれた『不運は俺が全部もらうから』という言葉が私を前向きにさせてくれる。彼がいればなんとかなると、心強く思えるのだ。

そう大きくはない神社だが、さすがに元旦なので私たちと同じような初詣客でごった返していた。

参道には露店《ろてん》が出ており、神楽の流れる神社の中では甘酒が振る舞われている。

「寿々、きょろきょろしていたらはぐれるぞ」

「はい」

私はしっかりと彼の腕をつかんで歩く。

柾さんが私を庇うようにして歩くので、誰にもぶつかることなく鳥居《とりい》をくぐり神前までたどり着いた。

ふたり並んでお賽銭《さいせん》を入れて、鈴を鳴らした。礼をして拍手して最後にもう一度礼をする。

毎年初詣は琴音さんと一緒に商店街を抜けた先にある神社に行くことにしていた。そこで小さい頃に神主《かんぬし》さんに丁寧に教えてもらったやり方が身についていた。両親がいないことでいろいろ言われたこともあったけれど、琴音さんや近所の人たちに大切にされて育ってきたのだと今になってわかる。

「行こうか」

私が頷くと、彼はゆっくりと手を引いて歩き出した。

午後に近付くにつれて、人がどんどん増えている。気を抜いたら本当にはぐれてしまいそうだ。

「こう人が多いと、少し歩くのも大変だな」

「そうですね。でも……運試ししませんか？」

私が彼の顔を覗き込むと、彼は「いいな」と意味ありげに笑った。

私たちは授与所《じゅよじょ》の前にある列に並んだ。巫女さんはお守りや破魔矢《はまや》などを授《さず》けるのに忙しそうだ。

かなり待つかと思ったが、列はすぐに短くなっていってあっという間に私たちの番になった。

「おみくじをふたつ」

「はい。こちらからお引きください」

漆塗《うるし》りの箱の中から、ひとつずつ選ぶ。小さな紙を手にドキドキしながら人の列を抜けた。

少し離れた場所にふたりで移動する。

「毎年、琴音さんとおみくじを引くんです。だから今年は柾さんと引こうと思っていたんです」

「なるほど、それでこれまでの成績は？」

う……やっぱり聞くよね。

「去年は末吉、その前も末吉。その前は……」

「ん？」

彼がちょっとからかうように私の顔を覗き込んでくる。

「う……凶でした」

「凶⁉　あれってなかなか出ないよな。ある意味レアだよ」

「レア……まぁそうなのかもしれません。柾さんにかかったら、なんでも前向きになるから不思議です」

もともと運が悪いとわかっていてもやっぱりくじを引くときは期待するのだ。だから凶を引いたとき落ち込んでしまった。でもこれからは、どんな結果も怖くないと思えた。

「さぁ、じゃあ。今年はどうかな」

柾さんはさらっと、おみくじを開いた。

「おっ、大吉」

「……さすがです」

自分で運がいいって言うだけある。

「こんなに簡単に大吉を引くなんて。私なんて一度も引いたことがないのに」

小学生の頃から、おみくじを引いていたのに。

「そう？　こういうのって縁起ものだから、年始なんかは、いつもより多く入っているんじゃないのか？」

「それで、一度も引けない私って……」

「ははは。じゃあ、今年初めて引くことになるかもな。ほら引いて」

柾さんに言われて、ドキドキしながらおみくじを開く。ちょっとずつ見えてくる。

「あ……えっ？」

私は最後一気に開いた。

「大吉！　見て、柾さん、大吉」

私はうれしくて思わず飛び跳ねた。

「よかったな」

「はいっ！」

私は隅々までおみくじの内容を見る。

「願い事は叶うし、健康に過ごせるし、待ち人も来るって。すごい！」

もちろんこれが全部叶うわけではないとわかっているけれど、人生で初めての大吉は想像以上にうれしかった。

「よかったな。今年一年は最高の一年になるな」

ふたりでそんな話をしていたら、背後から「どうしよう」という声が聞こえてきた。

思わず声の方を振り向く。

するとそこには、女の子が絶望の表情を浮かべていた。その子の隣には同じ歳くらいの女の子が心配そうに立っている。

「凶って、しかも学問、成果得難しって。どうしよう受験……」

どうやら受験生みたいだ。

年明けすぐに共通テストがある。不安な時期に違いない。それなのにそのおみくじの結果は悲しいだろう。

去年までの私を見ているようで、胸が痛い。せめて今年だけでも彼女には大吉を引いてほしかった。

いてもたってもいられなくて、気が付いたら女の子に声をかけていた。

「私の大吉と交換しましょう！」

「えっ」

いきなり話しかけられて驚いたようだ。隣の女の子と顔を見合わせている。

「突然ごめんなさい。話が聞こえてきたんです。受験生なんですよね？」

頷いた彼女たちの手には、合格お守りがおみくじと一緒に握られている。

「これ見てください。私のおみくじ、願いことが叶うって書いてあるんです。だから交換しましょう」

ふたりは突然知らない人に話しかけられて戸惑っているようだ。

「人からもらったおみくじの方が、当たるっていうから」

「そうなんですかっ！」

私が力強く頷くと、凶を引いてしまった女の子はうれしそうにほほ笑んだ。

「ありがとうございます。交換お願いします」

女の子とおみくじを交換すると、彼女は隅々まで読みはじめた。

「すごい、私頑張ります」

女の子たちは、きゃあきゃあとうれしそうに話をしながら歩いていった。

「よかったのか、大吉。生まれて初めてだっただろう」

ずっと後ろで待っていてくれた柾さんが、私の手元の凶のおみくじを覗き込む。

「いいんです。私は誰よりもがっかりを経験してきたので、彼女の気持ちが痛いくらいにわかるんです」

おそらくすごく努力を重ねたに違いない。だからこそおみくじの結果がいいものであれば背中を押してもらえるだろう。

「あの『人からもらったおみくじの方が、当たる』っていうのは本当？」

「……私がそう思うってだけです」

柾さんが驚いた顔をして、ははっと声を出して笑う。

「寿々がそう思うなら間違いないな。きっとあの女の子の力になるはずだ」

「私もそう願っています。私の初めての大吉なので、効き目がすごそうな気がしませんか？」

「あぁ、そうだな」

柾さんは優しい笑みを浮かべて、私の頭を撫でてくれた。まるでいいことをした子どもにするみたいに。

「じゃあ優しい寿々には、俺の大吉をあげよう」

「え、いや。大丈夫ですから」

慌てて断った。

「いいから、君の不幸はこれから先も、俺が引き受けるつもりだし。『人からもらったおみくじの方が当たる』んだろ？」

小さくウィンクをした彼から、おみくじを受け取る。大吉の文字を指でなぞり、彼の顔を見るとうれしそうにしていた。

「俺は寿々のそういう優しさが好きだよ」

身をかがめて、私の耳元でささやく。

一瞬にして心拍数が上がり、寒空の下なのに頬が熱い。

「さぁ、この凶のおみくじを結んで、家に帰ろう」

彼は私の手を握って、引っ張ってくれる。こうやってこれからも、この頼もしい手で私を導いてくれるのだろう。

木枯らしが吹くなか、ふたりで寄り添いながら家路についた。寒い外でも好きな人と一緒なら心は温かいのだと知れた、新しい一年のはじまりの日。


「はぁ、寒かった」

マンション内部は全館空調が効いているし、部屋も床暖房で暖かい。ただ体の芯まで冷えてしまっているので、まだ寒い。

「風呂で温まろう」

「それいいですね」

お風呂から出た後は、今日はふたりで映画三昧の予定だ。体もほぐれてリラックスできるに違いない。

お湯をためている間に、映画を見ながらつまめる料理を作り置きしていたのでお皿に並べてから一度冷蔵庫に入れた。

柾さんは、元旦だというのに仕事の連絡があったらしく、返信している。あらためて休みなんてあってないような生活だなと実感する。

「あまり無理しないで、今日くらいはリラックスしてくださいね」

私はそう言い残して、着替えの準備をしてからバスルームに向かった。

マンションはどこもかしこも豪華なのだけれど、中でも気に入っているのはこのバスルームだ。

広いバスタブにはジェットバスがあり、疲れた体をいつも癒やしてくれる。今日はお気に入りのオイルを数滴たらしてバスタイムを楽しむつもりだ。

バスタブに浸かって足を伸ばすと、冷えた体が芯から温まる。気持ちよすぎて思わず鼻唄を歌ってしまうほどだ。

リズムに合わせて、足を左右に動かしていたら突然バスルームの扉が開いた。

「きゃあ!」

湯気に包まれた、柾さんが立っていた。

「そんなに驚かなくてもいいのに。『先に行って』って伝えたけど」

たしかに言った。でもその言葉の裏に「俺も後から行く」があったとは思えない。

「いい機会だし、一緒に入ろう」

「で、でも。ちょっと待ってください」

さっきまで冷えていた体は、いい温度のお湯のおかげか、はたまた柾さんがお風呂にやってきたことへの羞恥心か……わからないけれど体が熱くなる。

「待てない。さっきの凶のおみくじの中身ちゃんと見た？」

私はドキドキしながら、頭を左右に振る。

「唯一いいことが書いてあったんだ。夫婦はチャレンジすることで発展するって」

数々の凶のおみくじを目にしてきた私だからわかる。全体を通して凶だったとしても、各項目には案外いいことが書いてあったりするものだ。

「さっそく俺たちも、チャレンジして発展しよう」

止める間もなく中に入ってきてしまった。これはもうなるべく目に入れないようにするしかない。

そう思うのだけれど、彼の鍛えられたがっしりとした体が私を背後から抱きしめると、視界に入れなくっても色気に当てられて、ドキドキが最高潮に達した。

大きなバスタブなので、ふたりで入っても窮屈《きゅうくつ》ではない。

ただものすごく密着しているので、私の心臓がいつまでもつのか心配だ。

「寿々の耳が真っ赤だ」

「い、言わないでください……」

指摘されるとますます耳先が熱くなる。

「やっぱり恥ずかしい？　もっといろいろなことふたりでしてるのに」

「だって、こんな明るいところなんて」

今は座っているから全部は見えていないはずだけど、立ち上がったら全部見られてしまう。

「最初のときも明るかったんだけどな」

最初と言われて記憶をたどる。クルーザーの中で、たしかに灯りがついたままだった。途中まで柾さんの表情を覚えている。

彼の色っぽい表情を思い浮かべてドキッとしてしまう。

「あのときは、夢中だったから」

彼と肌を初めて触れ合わせるとなって、緊張もしていたしうれしかった。最後は柾さんに翻弄されてされるがままだった。

「ふーん。夢中なら明るくても平気ってことか」

彼が顔を覗き込んでくる。からかう気満々だ。

「そういうわけじゃ……んっ」

話している途中なのに、唇を奪われる。これは言い訳をさせてくれないということだろう。

チュッ、チュッと短いキスを繰り返す。深いキスの合図を受けて薄く唇を開くと、彼の舌が侵入してくる。私は彼に抱え直されて向き合う形になった。

拒否する暇なんてない。嫌じゃないから拒否もできない。体が彼に慣れて受け入れることが自然になっている。

「俺のキス、やっと覚えたな。いい子だ」

「……ん」

褒められてうれしくなる。私はもっと褒めてもらいたくて舌を差し出した。彼はふっと小さく笑うと私の舌を吸い上げて情熱的なキスで私を翻弄した。

「寿々は、俺を誘惑するのがうまくなっているな」

「そんな……つもり、ないんですけど。ただ――」

私はされるがまま彼に応えているだけだ。今だってキスの合間に自分の気持ちを口にしている。

「ただ、何？」

「ただ、柾さんが好きなだけ……です」

きっと彼じゃなければ、こんなに好きにならなかった。自分のダメなところ弱いところを全部肯定してくれる。

彼といると自分のことが好きになれた。

そんな人、柾さんしかいない。

彼がキスをやめて、私の額に彼の額を当てた。至近距離で見つめ合う。

「ほらやっぱり、俺を誘惑してる」

「……そうかもしれません」

だって私、恥ずかしいけど嫌だとは思っていないから。彼にキスされて触れられることで深い愛情を感じられる。

いつだって彼は、私を丁寧に愛してくれるから。

「じゃあ、俺はその誘惑にのろうか」

再開されたキスの途中で、彼の大きな手のひらが私の体のラインをなぞる。

「悪い、寿々が今日もかわいすぎて我慢できそうにない」

いたずらな手が、私の体を熱くする。

「我慢なんて……しないで」

素直な気持ちを伝えた。

「君って人は……本当に」

耳元で聞こえた彼の声は、呆れたような、焦《じ》れたような……熱くて甘い声だった。

私たちが夫婦になる記念の年は、甘い甘い幕開けになった。

あとがき

はじめましての方も、お久しぶりの方も。このたびは『恋愛も結婚もお断りだったのに、強運社長の最幸愛から逃れられません』を手に取っていただいてありがとうございます。

突然ですが、みなさん運はいいですか？

私は運はいい方だと思います！

と言っても、普段は「ついてないな」って思うこともたくさんあります。寿々が作品の中で見舞われた不幸エピソードは、いくつか私が経験したものもあります。

ついこの間も、某ドーナツ店でお目当てのドーナツがふたり前の人で完売になったんです。残念だったんですけど、代わりに買ったドーナツがすごくおいしかったので結果オーライでした。

本作のヒーローの柾のように、見方を変えて良いようにとらえるようになって、なんとなく不幸も笑えるようになりました。

気の持ちよう……とてもいい言葉です。

まぁ今日も米をキッチンにばらまいてしまい、その場で泣き崩れそうになりましたが、周囲も綺麗に掃除できたのでＯＫです。

(これは、不幸というよりおっちょこちょいエピソードですね)

さて、今回表紙の素敵な花嫁のイラストを描いてくださったのは、蜂不二子先生です。ふたりの幸せ最高潮の瞬間を描いてくださいました。ありがとうございます。

編集部のみなさん、たくさんアドバイスをいただき、ありがとうございました。おかげで楽しく執筆できました。

最後になりましたが、読者の皆様。今回のお話は楽しんでいただけましたか。日々のちょっとした潤いになれれば幸いです。

ではまたお会いできる日を楽しみにしています。

感謝を込めて。

高田ちさき

マーマレード文庫

恋愛も結婚もお断りだったのに、強運社長の最幸愛から逃れられません

2025年2月15日　第1刷発行　定価はカバーに表示してあります

著者　高田ちさき　©CHISAKI TAKADA 2025
発行人　鈴木幸辰
発行所　株式会社ハーパーコリンズ・ジャパン
東京都千代田区大手町1-5-1
電話　04-2951-2000（注文）
0570-008091（読者サービス係）
印刷・製本　中央精版印刷株式会社

Printed in Japan ©K.K. HarperCollins Japan 2025
ISBN-978-4-596-72503-5

m a r m a l a d e b u n k o